ひらけ蘭学《らんがく》のとびら

『解体新書《かいたいしんしょ》』をつくった
杉《すぎ》田《た》玄白《げんぱく》と蘭方医《らんぽうい》たち

目次

鳴海風

関屋敏隆【画】

ひらけ蘭《らん》学《がく》のとびら

『解体新書《かいたいしんしょ》』を
つくった杉田玄白《すぎたげんぱく》と
蘭方医《らんぽうい》たち

岩崎書店

第一章　四郎《しろう》はなぜ死んだ

満開だった長安寺《ちょうあんじ》の桜《さくら》が散《ち》りはじめて三日目、前夜の雨が上がって、朝から強い風が矢来屋敷内《やらいやしきない》を吹《ふ》きぬけていた。

「早く行かないと、桜がみんな散っちゃう」

「まって。わたしも行くぅ」

朝ごはんが終わって、仲のよい姉と弟は外へとびだした。子犬も走ってついてくる。さそったのは、じっとしていることがきらいな弟の玄白《げんぱく》で、くりくり坊主《ぼうず》の七歳《さい》だ。姉の奈美《なみ》の足もとがあぶなっかしいので、玄白は少し行ったところで、子犬といっしょにまった。

五歳上の奈美は近眼《きんがん》で、土にもぐりこんだ石の頭につまずいてよくころんだ。だから玄白は、その足もとを見まもっている。

　これから行く長安寺の境内《けいだい》には、季節で変化する樹木《じゅもく》がたくさん植えてあり、さまざまな鳥や虫と出会うことができる。みんな玄白の遊び友だちだった。

「わあ、すごい風」

　やっと追いついてきた奈美《なみ》が、風であおられた髪《かみ》の毛を両手でおさえた。

　その風に乗って、たくさんの桜《さくら》の花びらが宙《ちゅう》を舞《ま》い、地面を走っていく。

　とつぜん奈美が玄白のほうを見て笑いだした。

「どうしたの？　お姉ちゃん」

「頭の上」

　姉が自分の頭を見ているのはわかったけれど、なぜ笑っているのかわからなかった。

　奈美が、右手を玄白の頭の上にのばしてなにかつまむと、ほら、といって指先を見せた。

「あ、桜の花びらだ」

「くっついてたよ」

昨夜の雨でしめっていた花びらだった。

また強い風が花びらを運んできた。

「わあ、お姉ちゃんの着物にもくっついた」

次々に花びらが、奈美《なみ》の着物や頭をかざっていく。柄《がら》のない着物は桜《さくら》の柄になりそうだ。

「取れなくなっちゃうぞ」

「えっ？」

「あ、背中《せなか》にもおしりにもついている」

「やだぁ」

自分の坊主頭《ぼうずあたま》につく花びらはほっといて、玄白は奈美をからかった。子犬までが楽しそうに奈美の足もとを走りまわっている。

くりくり坊主の玄白は、長安寺の小坊主ではない。若狭国《わかさのくに》（現在《げんざい》の福井県《ふくいけん》南西部）小浜藩《おばまはん》の江戸下屋敷《えどしもやしき》に住む藩医（藩につとめる医者）、杉田甫仙《すぎたほせん》の三男である。

小浜藩酒井家《おばまはんさかいけ》は、十万石《まんごく》（米の収穫量《しゅうかくりょう》ではかった領地《りょうち》の規模《きぼ》）をこえる大名である。代々、大坂城代《おおさかじょうだい》（将軍《しょうぐん》に代わって大坂城を守る職務《しょくむ》）や老中《ろうじゅう》（幕府《ばくふ》の政務《せいむ》を担当《たんとう》する最高の職務）といった幕府の重要な役職をつとめている。お殿《との》さまは、ふだんは上屋敷《かみやしき》で暮《く》らしているが、江戸城《えどじょう》から北西の方角、牛込《うしごめ》にある下屋敷《しもやしき》は、別荘《べっそう》のように使っている。そこは、矢来《やらい》屋敷ともよばれていて、とても広く、敷地内には、広大で美しい庭園や長安寺というお寺まであった。

生き物が大好きな玄白は、ひと月前に屋敷の外で子犬をひろってきた。ころころした体の毛は短い茶色で、耳がたれていて目は真ん丸、尾がくるりと巻《ま》いていた。飼《か》うのを反対する父に、玄白はがんばって抵抗《ていこう》していた。最初の夜は、子犬をだいて縁側《えんがわ》でいっしょに寝《ね》た。食べる物は、自分の分を半分のこしてあたえた。奈美《なみ》も少し分けてくれたが、二人の兄は知らないふりをしていた。

根負けしたのか、父はやっと許《ゆる》してくれた。

「名前をつけました」

「ほう。なんという名だ？」

「四郎《しろう》。わたしが三男だから、弟のこれは四郎」

「おまえの弟なのか」

「はい」

父が笑った。

父、杉田甫仙《すぎたほせん》は、祖父の代からの藩医《はんい》で、坊主頭《ぼうずあたま》である。生まれたときから甫仙に顔つきが似《に》ていた玄白は、くりくり坊主にするとそっくりになったので、上の二人の男の子よりもあまやかされて育った。

しかし、父が玄白をかわいがるのは、顔つきが似ているからだけではない。玄白の母が玄白を産んですぐ死んでしまったせいもある。玄白には母の思い出がまったくないのだ。

それから数日して甫仙は、藩主の参勤交代《さんきんこうたい》のお供《とも》をして、小浜《おばま》へ旅立った。

父がいなくても、きょうだいは四人で四郎もいるし、玄白はさびしくなかった。それに、毎日通ってきて家事をしてくれる農家のおばさんは、底ぬけに明るかった。

一年後、藩主《はんしゅ》といっしょに甫仙《ほせん》が江戸《えど》にもどってきた。おどろいたことに、父は小浜《おばま》で若《わか》い後妻《ごさい》をもらって連れてきた。

「妻のみつだ。これからは、ほんとうの母だと思って、いうことをきくのだぞ」

父はそういったが、玄白だけは返事をしなかった。そんなことより、玄白にはもっと気になることがあった。四郎《しろう》が原因不明《げんいんふめい》の病気にかかっていたのだ。

半月前からあまり物を食べなくなり、元気がなかった。玄白は四郎の体をくまなくさわったが、どこにも傷《きず》や出来物などはなかった。

「お父さま。四郎を診察《しんさつ》してください」

ひさしぶりに父にあまえたい気持ちもあって、玄白は父にうったえた。

しかし、父はだまって奥《おく》へ行ってしまった。

玄白は横にいた姉にきいた。

「お殿《との》さまのご病気を治《なお》すのだから、お父さまは名医でしょう?」

「もちろんよ。ほんとにへんね」

二人とも、なぜ父が四郎を診《み》てくれないのかわからなかった。

暑い夏がやってきた。四郎《しろう》は水も飲まなくなった。二人は、綿《わた》に水をふくませて、四郎の口をぬらしてやった。

玄白は、布《ぬの》をしいた木箱に動けなくなった四郎を入れて、自分の部屋においた。寝《ね》るときは、木箱はいつも枕《まくら》もとだ。やせて骨《ほね》と皮だけになった四郎の胸《むね》に手を当てて、かすかに心臓《しんぞう》が動いているのをたしかめてから寝た。

朝になった。玄白は、四郎の鳴き声をきいた気がして目をさました。四郎を見ると、眠《ねむ》っているようだった。でも、さわると、四郎の体はかたかった。胸に手を当ててもなにも伝わってこなかった。

奈美《なみ》と二人で、庭の片すみに四郎を埋《う》めた。『しろうのはか』と書いた板を土にさした。両手を合わせて目をつぶったら、元気にかけてくる四郎がまぶたの裏《うら》によみがえった。

秋が深まり、矢来屋敷内《やらいやしきない》に何本もある銀杏《いちょう》が黄色一色になった。父甫仙《ほせん》に小浜《おばま》で勤務《きんむ》するようにという藩《はん》からの命令がくだった。

父と義母《ぎぼ》、二人の兄と奈美そして玄白の家族六人で、小浜へ引《ひ》っ越《こ》すことになった。

一家はあわただしく準備《じゅんび》をし、銀杏《いちょう》が葉を落としはじめる前に矢来屋敷《やらいやしき》を出発した。

東海道ではつねに、二頭の馬と人足《にんそく》ひとりをやとった。一頭の馬には荷物をのせ、もう一頭には義母《ぎぼ》と奈美《なみ》が乗った。

馬も人足も、泊《と》まる宿場ごとに新しくなった。京都を目前にした大津《おおつ》に着いたのは、琵琶湖《びわこ》に色とりどりの冬鳥たちが集まってくるころだった。

一泊《ぱく》したあと、早朝の船に乗って、広い琵琶湖の西岸を北上した。湖上からながめる山々は、真っ赤に紅葉《こうよう》していた。

今津《いまづ》で船をおり、そこでまた馬と人足をやとい、九里半《くりはん》街道を西へ向かった。

物資《ぶっし》を運ぶ人馬がふえて、街道はにぎやかだった。

「小浜《おばま》の海産物が、京都へ運ばれているのだ」

「小浜に着いたら、おいしいお魚をおなかいっぱい食べられますよ」

漁師《りょうし》の娘《むすめ》に生まれた義母《ぎぼ》のみつが、ふるさとを自慢《じまん》した。

一家は、途中《とちゅう》、熊川宿《くまがわじゅく》で一泊《ぱく》した。

次の日も天気がよく、昼すぎには小浜に着くというのでみなの足取りは軽かった。

道も山間の平坦《へいたん》なところがふえてきた。

遠敷村《おにゅう》でお昼におむすびを食べた。

「あと一里《り》（約四キロ）くらいだな。小浜には川が流れこんでいて、お城《しろ》は川にはさまれたところに築《きず》かれている。川が合流した先は海だから、お城はまるで海にうかんでいるように見えるぞ」

「ほんとうですか。早く見てみたい」

いちばんにおむすびを食べおえた、長男の玄了《げんりょう》がいった。玄白より八歳《さい》上の玄了は、小柄《こがら》だったが長男ということで、道中ずっと大きな荷物を背負《せお》わされてきた。早く身軽になりたいだろうと玄白は思う。

その長男と背丈《せたけ》がほとんど同じ、次男の仙右衛門《せんえもん》は、いつも口数が少なく、今もみなに背を向けて、もくもくとおむすびを食べていた。玄白より三歳《さい》上だが、いっしょに遊ぶことはほとんどなかった。

「小浜《おばま》がどんなところか、もっと話してください」

玄白がきいた。横の奈美《なみ》もうなずいている。

「お城《しろ》の北と南には武家屋敷《ぶけやしき》が集まっている。さらに北には漁師《りょうし》らの住む西津《にしづ》村、南には商人の町がある。寺や神社も多いが、なんといっても小浜は港がいい。昔は、北前船《きたまえぶね》（日本海を物資《ぶっし》を運んで往復《おうふく》する船）がひきもきらずにやってきた。ずいぶんへったが、今日も港へ行けば見られるだろう。大きいぞ。千石船《せんごくぶね》（米を千石積める大型の荷船）だからな」

藩主《はんしゅ》につきそって二度小浜へ来たことのある甫仙《ほせん》も、小浜を気に入っているようだ。

「小浜に着いたらすぐ港に行く」

玄了《げんりょう》は立ち上がって、出発の準備《じゅんび》をはじめた。

竹原《たはら》村のはずれに見通しのいいところがあった。川をはさんだ向こうに、お城《しろ》の石《いし》垣《がき》とかがやくような白壁《しらかべ》の天守閣《てんしゅかく》が見えた。

「わー、大きいなあ」

玄了と玄白が同時にさけんだ。奈美《なみ》も目をこらして、りっぱなお城ねといった。

「お城の向こうが湾《わん》になっているのですよ」

みつも笑顔で、故郷《こきょう》に帰れてうれしそうだった。けれど、お城の北にある西津《にしづ》村に、みつの生まれた家はもうないという。くわしい話はきいていなかった。

みんなが声を上げているときでも、仙右衛門《せんえもん》だけはつまらなそうに、下を向いて地面をけっていた。

「さあ、もうそこだ。行くぞ」

竹原《たはら》の武家屋敷《ぶけやしき》の手前まで来た。お城の南側を守る形で広がっている。お城の近くには、重役たちの塀《へい》で囲われた大きな屋敷がある。城下町《じょうかまち》は川と堀《ほり》に囲まれているので、外から攻《せ》めにくいのだと甫仙《ほせん》は説明した。

杉田《すぎた》家《け》の屋敷は、お城からやや遠い、雲浜天神《うんぴんてんじん》の西側にあった。

江戸《えど》よりも広い屋敷《やしき》を家族全員で掃除《そうじ》し、荷物を運びおえると、玄了《げんりょう》がいった。

「海を見に行ってきます」

「あわてなくても、これから毎日でもながめられるじゃないか」

父のことばを無視《むし》して屋敷をとびだしたのは、玄了と奈美《なみ》そして玄白の三人だった。

もうお日さまがしずみかけていた。夕焼けに向かって行けば海があるはずだ。

「魚くさいわ」

顔をしかめている奈美の手を玄白は引いているので、二人の足はおそく、先頭を走る玄了との差がどんどん広がった。

しばらく行くと、百間橋《ひゃっけんばし》という名前の、大きな木造《もくぞう》の橋があった。玄了が、向こうですずしい顔をしてまっている。

「お姉さま、足もとに気をつけて」

わたりおえると、景色《けしき》がすっかり変わった。そこは商人の町だった。間口の広い家がずらりとならんでいて、うしろに大きな蔵《くら》も見える。

三人は川ぞいに歩いて、小浜湾《おばまわん》が見わたせる場所に出た。ゆっくりと波打《なみう》ち際《ぎわ》に近づく。左右の岬《みさき》にいだかれたような湾《わん》は、おだやかに呼吸《こきゅう》するように波を運んでは引いている。海にしずむお日さまを見るのははじめてだった。

「わあ、きれい」

奈美《なみ》が感嘆《かんたん》の声を上げた。

玄了《げんりょう》が両手を広げ、海からわたってくる空気を、気持ちよさそうにすった。

「見てください。お父さまがいう北前船《きたまえぶね》がいっぱいです」

玄白には夕陽や海風よりこっちのほうがめずらしい。何艘《なんそう》もの千石船《せんごくぶね》が、海岸近くにつらなっている。ほとんどが帆《ほ》をおろしていて、空につきだしている帆柱が林のようだ。

海岸には人足《にんそく》や商人が何人かいて、今日最後におろした荷物だろう、樽《たる》や俵《たわら》をのせた荷車を運びだそうとしていた。

そのとき、一ぴきの茶色の犬が、その荷車に近づいて、ふんどし姿《すがた》の人足に乱暴《らんぼう》に追いやられた。

それを見て、玄白は四郎《しろう》を思いだした。

「お兄さま。どうしてお父さまは四郎《しろう》の病気を治《なお》せなかったのでしょう」

あれからずっと玄白の胸《むね》にわだかまっていた疑問《ぎもん》が、ことばになってほとばしった。

玄了《げんりょう》は、父の跡《あと》を継《つ》ぐことが決まっていて、数年前から、父をときどき手伝いながら医術《いじゅつ》を学んでいた。まだ坊主頭《ぼうずあたま》にしていないが、ちょんまげでもない。頭のうしろで髪《かみ》をたばねていて、さむらいでもないことはわかる。

「治せないのではなく、治療《ちりょう》してはいけないのだ」

「え？」

玄白は思わず声を出した。

奈美《なみ》もおどろいてふりかえっている。

「お父さまは奥医師《おくいし》だ。お殿《との》さまの脈《みゃく》も診《み》る。つまり直接《ちょくせつ》手でお殿さまの体にふれられるのだ。犬や猫《ねこ》の治療をした手でお殿さまにふれていいと思っているのか？」

藩医《はんい》の心得を、玄了はすでに甫仙《ほせん》からきいているのかもしれない。

夕陽に照らされた奈美の顔からは、表情《ひょうじょう》はうかがえない。しかし、気持ちは同じだろう。玄白は玄了のいう意味がわからなかった。

「四郎《しろう》はきたなくありません。それに……、さわってても、あとで手をあらえばいい」

「ばかだな、おまえ。そういうことじゃない」

胸《むね》をはって立っている十六歳《さい》の兄は、玄白から見ればりっぱなおとなだった。

「お父さまは、お許《ゆる》しがなければ、町人だって診察《しんさつ》はしない」

そういわれても、まだ玄白は納得《なっとく》できなかった。でも、玄白はだまってしまった。

第二章　こわくてにくい病気

はじめての土地での年末年始の行事は、仙右衛門《せんえもん》をのぞく三人の子どもには楽しい経験《けいけん》ばかりだった。日にちはどんどんすぎた。

そうして、小浜《おばま》にも春らしい日々がやってきて、桜《さくら》がつぼみをふくらませていたが、小浜城下《じょうか》に、はしかが流行しだした。

甫仙《ほせん》といっしょに武家屋敷《やしき》を回っていた玄了《げんりょう》が、熱を出した。幼児《ようじ》のときに江戸《えど》ではしかを経験《けいけん》していたので、甫仙ですら玄了がはしかにかかったとは思わなかった。だから、甫仙の治療《ちりょう》はややおくれた。一度下がった熱がふたたび上がると、玄了は、今度は肺炎《はいえん》になってしまった。

みつや奈美《なみ》のけんめいの看病《かんびょう》もおよばず、玄了は死んだ。雨戸が音を立てるほど海から強い風が吹《ふ》きつけていたが、玄了《げんりょう》はやすらかに眠《ねむ》っているようだった。元文《げんぶん》六年（一七四二）二月十日の夜だった。

玄白《げんぱく》は玄了の手をにぎりながら声を出して泣いた。仙右衛門《せんえもん》ですら、両目から涙《なみだ》をあふれさせていた。

「一度はしかにかかれば、二度とかかることがないといわれているが、まれにこういうことはあるのだ。わたしの油断《ゆだん》だった」

甫仙《ほせん》はがっくりと肩《かた》を落とした。

玄了の遺骸《いがい》は、城下町《じょうかまち》の南、後瀬山《のちせやま》のふもとにある空印寺《くういんじ》に埋葬《まいそう》された。

お殿《との》さまにお目通りさせるのを楽しみにしていた甫仙の落胆《らくたん》は、はたから見ていても大きく、しばらくほとんど口をきかなかった。

まもなく、小浜藩《おばまはん》第七代藩主《はんしゅ》、酒井忠用《さかいただもち》が小浜にやってきた。城下に住む家来《けらい》の数がふえたこともあり、甫仙はいそがしくなった。いつまでも玄了を失った悲しみに暮《く》れていられなくなった。甫仙は仙右衛門にも医者になるための教育をはじめた。

ところが、あるとき、甫仙が低い声でみつに語っていることばをもれきいた玄白は、おどろいて廊下《ろうか》をもどって身をかくした。

「あいつはだめだな」

「仙右衛門《せんえもん》さんは玄了《げんりょう》さんより五歳《さい》下です。長い目で見てあげてください」

「どうもあいつはなにを考えているのかわからん。教えていてもはりあいがない」

「玄了さんのようにはいきませんよ」

みつは仙右衛門をかばっていたが、甫仙《ほせん》はつかれたようにいった。

「苦しんでいる患者《かんじゃ》やけが人を見ると、そばによろうともしない。医者は無理かもな」

「仙右衛門さんは心のやさしい子ですから」

その後、甫仙はだんだん仙右衛門を連れて歩かなくなった。医者にすることをあきらめたのかもしれない。玄白はそう思った。

その仙右衛門は、相変わらずだった。ひとりでいることが多く、家族ともあまり口をきかない。ただ、漢学《かんがく》（儒学《じゅがく》など中国から伝わってきた学問）の本を読むのは好きらしく、暗くなっても本に向かっていることが多かった。漢字ばかりで、玄白にはむずかしい本だ。

家にとじこもりがちなのは、奈美《なみ》も同じだった。その奈美を外へ連れだすのは玄白の役目で、四季折々の変化がおもしろい海や寺社の境内《けいだい》に咲《さ》く花々を見せて歩いた。

そうやって月に何度も連れだしているうちに、奈美の視力《しりょく》がほんの少しずつ弱っていることに玄白は気がついた。黒目がちな瞳《ひとみ》が娘《むすめ》としての魅力《みりょく》をましていくのと反対に、ものを見る力を失っていくようすは、弟として悲しく腹立《はらだ》たしかった。

仕事場で、たったひとりで薬の調合《ちょうごう》をしている父に、玄白は思いきって話してみた。

「お姉さまの目のことなのですが」

「奈美の目のことは心配している。ときどき診察《しんさつ》もしている」

「いつもいっしょなので、悪くなっているのがわかるのです」

そのあとのことばはのみこんだ。

「なんとかしろ、といいたいのだろう?」

そのとおりだった。でも、どういったらいいのかわからなかった。

「四郎《しろう》の診察《しんさつ》もしなかったし、玄了《げんりょう》まで死なせてしまった。やぶ医者の父に、病気を治《なお》してくれとはいえないな」

「そ、そんな……」

「やぶ医者のいうことなど、信じられないだろうが、奈美《なみ》の目の病気はむずかしい。どうやら黒そこひ（黒内障《こくないしょう》ともいって、外部から見て異常《いじょう》はないのに視力《しりょく》が低下し、やがて見えなくなってしまう眼病《がんびょう》）らしい。たしかな治療法《ちりょうほう》はまだないのだ」

甫仙《ほせん》が苦しそうに語るのをきいているうちに、玄白の胸《むね》はつぶれそうになった。

「お姉さまには、これからも、めずらしい景色《けしき》や、きれいな花やそこに集まる鳥や虫たちを見せてあげたいのです。かまいませんか」

「そうだな。あまり強い光を見せたり、つかれさせたりしなければ、いいだろう」

玄白は安心した。それが今の自分にできるせいいっぱいのことだと思った。

玄白は、仙右衛門《せんえもん》のこともききたかった。でも、甫仙がほんとうに医者にするのをあきらめているのなら、次は自分だ。医術《いじゅつ》を学ぶのはいやじゃないけれど、そうなると、仙右衛門はますますひとりぼっちになってしまう。

晩《ばん》ごはんができたというみつの知らせを合図に、玄白は一礼して仕事場を出た。

小浜《おばま》へ来て一年近くがたったとき、玄白は気になるうわさをきいた。小浜藩士《はんし》で、弓と鉄砲《てっぽう》の名人の話だ。目がかなり悪くても正確《せいかく》に的《まと》に当てるその男は、一時、目が見えなかったのに治《なお》ったという。奈美《なみ》の目にも役立つ治療法《ちりょうほう》を知っているのではないか。玄白は、うわさをきいた翌日《よくじつ》、さっそく訪《たず》ねていった。

富岡杢右衛門《とみおかもくえもん》というその藩士の屋敷《やしき》は、本丸の北側、西津武家《にしづぶけ》屋敷のはずれにあった。身分はさむらいの中ではもっとも低い足軽《あしがる》で、屋敷は小さかった。

子どもの来客だというので、杢右衛門の小太りの妻《つま》がうれしそうに世話をやこうとしたが、おまえはあっちへ行っていろ、と杢右衛門に追いやられた。

「お父上の甫仙《ほせん》先生にはいつもとてもよくしてもらい、ありがたく思っています」

杢右衛門は、きちんと頭を下げ、玄白を子どもあつかいしなかった。

しかし、その態度《たいど》とは反対に、ちょんまげはくずれ、衣服にも少し乱《みだ》れがあり、視《し》線《せん》はなんとなくぼんやりしていた。

じっさい、自ら土瓶《どびん》で湯をわかして白湯《さゆ》を茶碗《ちゃわん》にそそいでくれたが、動作はぎこちなく、自分の膝《ひざ》の上に熱湯をこぼしてしまった。

「ほんとうに目が不自由なのですね」

玄白のぶしつけないい方にも、杢右衛門《もくえもん》は、そのとおり、とまじめに答えた。

「でも、弓や鉄砲《てっぽう》では的《まと》をはずすことはないとうかがいましたが」

「それだけは自信がある。以前はもっと見えなかったが、それでも問題なかった」

「やはりそうでしたか。ところで……」

玄白は、どうして目がよくなったのか、それをきこうとしたが、杢右衛門は腰《こし》を上げながらにこやかにいった。

「ここで鉄砲をずどんとうって見せるわけにはいかないが、弓の腕前《うでまえ》を見せてあげよう」

よくあることなのかもしれない。妻女《さいじょ》が気をきかせて、弓と二本の矢をもってきた。目が治《なお》った話をきくのは、自慢《じまん》の腕前を見たあとにしよう、と玄白は思った。

「では、まいろうか」

玄白は、近くの野原に連れていかれた。

はしっこに、一本の杉《すぎ》の木があった。太さは一尺《しゃく》（約三十センチ）もなかった。

「そこに立っていてくだされ」

杢右衛門《もくえもん》は、おぼつかない足取りで、杉の木まで歩いていった。それを見て玄白は、杢右衛門は奈美《なみ》よりも目が悪いと思った。

足もとに弓矢をおいた杢右衛門は、その木の幹《みき》に苦労して手ぬぐいを巻《ま》いた。

その木から十間《けん》（約十八メートル）ほど離《はな》れたところに杢右衛門が立つまで、気が遠くなるほど時間がかかった。

それからの杢右衛門は、弓術《きゅうじゅつ》の作法どおりの動きを見せた。

玄白には目標がはっきり見えたが、杢右衛門にはぼんやりかすんでいるだろう、あそこから矢を当てるのは無理だと思った。

ところが、杢右衛門の手から放たれた矢は、するどい矢羽《やばね》の音をのこして、巻いた手ぬぐいの真ん中にぶすっとつきささった。

もう一本も、その矢の近くに当てた。

玄白は目を見はったまま声が出なかった。

「いかがかな」

杢右衛門《もくえもん》は、放った矢をそのままにして、屋敷《やしき》へ向かって歩きだした。片づけは妻《さい》女《じょ》にまかせるのだろうか。

屋敷でしばらく杢右衛門の自慢話《じまんばなし》をきいたあと、どうして見えなかった目が治《なお》ったのか、玄白はやっとたずねることができた。

「目が不自由なまま生きていくには、そうとうな精神力《せいしんりょく》が必要だと思い、山へこもったのだ。毎日、草の葉をかじりながら、がけをのぼり、滝《たき》に打たれ、ひたすらいのった。するとある朝、山の霊《れい》だろう、この両の目にひんやりとした感覚がおりて、ご来光が見えたのだ」

杢右衛門の答えをきいて、玄白はがっかりした。奈美《なみ》の役に立つ話ではない。でも、念のためにきいてみた。

「医者には診《み》てもらわなかったのですか」

「だれひとり治せる医者はいなかった。甫仙《ほせん》先生だけは、せっかくもどった視力《しりょく》だから大事にしなさい、と薬を処方《しょほう》してくれた。もらった薬を口にふくんでおどろいた。山奥《やまおく》で毎日かじっていた草の葉と似《に》た味がしたからだ」

帰宅《きたく》した玄白は、めずらしく義母《ぎぼ》のみつにこの話をした。みつが生まれた西津《にしづ》村の近くまで行ってきたからだ。

ところが、みつの話をきいて、玄白はさらにがっかりした。

「有名な話ですよ。富岡《とみおか》さまはご浪人《ろうにん》でした。弓や鉄砲《てっぽう》が得意でしたが、いくさのない時代ですから、どこにも仕官《しかん》（就職《しゅうしょく》）できません。小浜《おばま》まで来たとき、目が悪いことを逆《ぎゃく》に利用したのです。山で修行《しゅぎょう》して見えるようになったのはすごい、ほんとうの名人に違《ちが》いない、そう思われて、足軽《あしがる》になることができたのです」

父の処方した薬も、杢右衛門《もくえもん》のつくり話をほんとうらしくしているだけだったのだ。

（それにしても、どうしてこの国の医術《いじゅつ》は、病気をなかなか治《なお》せないのだろう）

小浜で暮《く》らすようになって三回目の夏は猛暑《もうしょ》だった。全国各地で干《かん》ばつがあり、農作物に大きな被害《ひがい》が出た。逆に風水害に見舞《みま》われた地域《ちいき》もあった。こういうときは、はやり病（伝染病《でんせんびょう》）も起こりやすい。

心配していたはやり病が小浜《おばま》の城下町《じょうかまち》でまんえんした。甫仙《ほせん》は、ときどきは仙《せん》右衛門《えもん》を往診《おうしん》に連れていったが、苦しむ人がふえると臆病《おくびょう》な仙右衛門は役に立たなくなった。

今年は小浜に藩主《はんしゅ》の忠用《ただもち》がいるときだった。忠用は二十一歳《さい》と若《わか》かったが、家来とその家族だけでなく、漁師《りょうし》や商人の治療《ちりょう》もするように甫仙に命じた。

甫仙は、仙右衛門には屋敷《やしき》で薬の調合をさせ、患者《かんじゃ》のところへは、みつを連れていくようになった。無理をしているみつを見て、玄白は手伝いたいといったが、父は十一歳の息子《むすこ》まで使う気はなかったようだ。

ところが、はやり病がようやく下火になったころ、みつがたおれた。まだ三十歳前の若さでも、働きすぎで弱っていたみつを、はやり病は見のがしてくれなかったのだ。

みつの病状《びょうじょう》は重く、屋敷内を汚物《おぶつ》でよごし、動けなくなると顔つきまでけわしくなり、手足はまるで枯れ木《かれき》のようになった。奈美《なみ》や玄白は夢中《むちゅう》で看病《かんびょう》したが、仙右衛門はこわがって近よろうともしなかった。

甫仙《ほせん》は藩主《はんしゅ》のためにのこしておいた特別な薬までみつにあたえたが、みつにはもう、はやり病とたたかうだけの体力がのこっていなかった。

寛保《かんぽう》三年（一七四三）六月二十七日、みつは死んでしまった。日差しは強く、きびしい暑さはまだつづいていた。

通夜《つや》のとき、奈美《なみ》が玄白に教えてくれた。

「お殿《との》さまが、わけへだてなく治療《ちりょう》するようにとお命じになったことに、お義母《かあ》さまはすごく喜んで、夢中《むちゅう》でお父さまのお手伝いをしていた。だってお義母さまの家族は、はやり病でみんな死んでいたからよ」

最後までお義母さまとよべなかった玄白だったが、人の命をうばっていく病を、玄了《げんりょう》のときと同じように心の底からにくんだ。

義母《ぎぼ》も空印寺《くういんじ》に埋葬《まいそう》された。

玄了の命日に、天気がよければ、玄白は奈美を連れて墓参《はかまい》りに行っていたが、それからは、義母の命日もくわえ、さらに仙右衛門《せんえもん》もさそうようにした。無関心のように見える仙右衛門も、さそえばかならずついてきた。玄白はそれがうれしかった。

二年後、甫仙《ほせん》が江戸詰《えどづ》めの命令を受けたので、一家は矢来屋敷《やらいやしき》にもどることになった。玄白は十三歳《さい》になっていたが、小浜《おばま》に来たとき六人だった家族は四人にへっていた。

第三章　人を救える医者になりたい

五年ぶりの矢来屋敷《やらいやしき》での生活を、玄白《げんぱく》はしだいにたいくつに感じるようになった。小浜《おばま》では悲しい思い出もあるが、父の甫仙《ほせん》は多くの藩士《はんし》とその家族の病気を治《なお》し、活気があった。城下町《じょうかまち》全体にはやり病がまんえんしたときは、お殿《との》さまの指示《しじ》で漁《りょう》師《し》や商人たちも治療《ちりょう》した。だから、江戸《えど》へもどると決まったあと、毎日のようにお礼に訪《おとず》れる人がいた。

（やっぱりお父さまは名医なんだ）

玄白はそう思った。

ところが江戸では、そもそも家族で暮《く》らす藩士があまりいないので病人が少ない。

そして甫仙は、お殿さまの健康状態《じょうたい》を確認《かくにん》に、ときどき上屋敷に行く程度《ていど》である。

仙右衛門《せんえもん》にくわえて玄白も、医者になるための教育がはじまったが、あたえられた中国の医学書を読むだけで、『論語《ろんご》』（中国の思想家孔子《こうし》の教えを記録した本）など漢学の勉強とあまり変わらない。漢学が得意な仙右衛門は、むずかしい医学書でもすら読めるので、玄白はびっくりした。でも、読み方を仙右衛門から教えてもらう気はなかった。

「お父さま。一度、病人を診察《しんさつ》するとき、わたしを連れていってください」

「手伝いなら不要だ。それに、おまえはまだ早い。まず、あたえられた本をしっかり読め」

「なにが書いてあるのかわかりません」

「ちゃんと読めないからだろう。仙右衛門にきいてみろ、教えてくれるはずだ」

「仙右衛門兄さんは、漢文が読めても、病気のことも治療《ちりょう》のことも知りません」

「それでもいいのだ。読んでわからないところは疑問《ぎもん》としてのこす。そうしておけば、先に行って、ああそうだったのか、とわかる。わたしも父からそうやって学んだのだ」

いわれると、そういうものかな、とも思うが、なんとなく違《ちが》うような気もする。

玄白はもやもやした気分のまま、父の仕事場を出て、奈美《なみ》の部屋へ行った。やがて医者になると決まった今、玄白は奈美の目を自分の力で治《なお》したいとひそかに思っている。

十八歳《さい》の奈美は、だれが見ても美しいという。玄白は、自分を生んですぐ死んだ母は、今の奈美そっくりだったに違《ちが》いないと思う。

奈美は美しいだけでなく、かしこい女性《じょせい》だった。玄白のすっきりしない理由を教えてくれた。

「それはたぶん、小浜《おばま》で玄了《げんりょう》やお義母《かあ》さまが死んでいくのを、玄白が見たからよ」

「え？　どういうことですか」

「お父さまと同じ勉強をして、お父さまと同じくらいえらいお医者さまになれても、治せない病気がある、と思っているでしょ？」

そのとおりだった。今はいえないが、姉の目のことを話したときも、治療法《ちりょうほう》はわからないといっていた。よく考えてみれば、父は母だって助けることはできなかったのだ。

「わたしは、今のままの勉強をつづけて、医者にはなりたくない。お父さまからあたえられた医学書なんて、読んだってむだだと思う。お姉さまだって、そう思うでしょ？」

「いいえ。そうは思わないわ」

「え？　どうして？」

「お父さまは、わからないところは疑問《ぎもん》としてのこしなさい、とおっしゃっているでしょ？　それは漢文が読めないところという意味ではなく、病気の原因《げんいん》や治療法《ちりょうほう》で納得《なっとく》できないところという意味よ」

「玄了《げんりょう》兄さんのように、一度もはしかになる理由が書いてなかったら、それも？」

「そうよ。医学書のどこにも書いていないことも発見するの。それは、医者になったときに解決《かいけつ》しなければいけないこと。そうやって医術《いじゅつ》は進歩していく。だから、まず読んで、疑問に思うことをしっかりのこす」

玄白は、なんとなく、疑問が次々に見つかるような気がした。どうやって答えを見つけたらいいか今はわからないが、奈美《なみ》のことばは玄白の心に小さな火をつけた。

それからの玄白は、医学書を夢中《むちゅう》で読んだ。読めないところは、仙右衛門《せんえもん》にきいた。内容《ないよう》がわかると、疑問《ぎもん》に思うことが出てきた。玄白はそれらを帳面に書きとめた。疑問はふえるばかりだったが、玄白はがまんしながら読んでいった。

一年、二年とすぎるうちに、読んだ医学書の数は、仙右衛門をこえた。どうしてもわからない疑問は、ときどき甫仙《ほせん》に質問《しつもん》するようになった。そういう疑問のいくつかは、甫仙も答えられなかった。

奥医師《おくいし》は、小浜《おばま》だけでなく藩主《はんしゅ》が行くところへは、どこへでも同行しなければならなかった。延享《えんきょう》五年（一七四八）、玄白が十六歳《さい》になった年、大坂城代《おおさかじょうだい》をつとめる藩主について、甫仙は大坂へ行った。

玄白は、しばらく父がいないので、疑問に思っていることを、なにげなく仙右衛門に話してみた。医術《いじゅつ》に関心がないことはわかっていたから、返事もしてくれないと思っていた。

「病気で人が死ぬのはなぜだろう。死ぬってどういうこと？　体の中でなにが起きるの？」

ところが、めずらしく仙右衛門《せんえもん》が反応《はんのう》した。

「どうして、そんなむずかしいことを考える？」

「だって、それがわかれば、病気で死なないようにできると思う」

「医学書をたくさん読めばわかると思うか？」

玄白は正直に首をふった。

「小浜《おばま》で玄了《げんりょう》兄さんが死んだが、はしかにかかる前まですごく元気だった。それでも死んだ。城下町《じょうかまち》の多くの患者《かんじゃ》も同じだ。多くの人が死んだが助かった人もいる。医者は苦しみをいくらかやわらげることはできるが、すべての患者を助けることはできない」

「そんなことはない。いつか医者は、どんな病気やけがでも、治《なお》せるようになれる」

「なれない」

「なれる。ならなければいけないんだ」

二人が大きな声を出しはじめたので、奈美《なみ》が部屋に入ってきて、だまってすわった。

「玄白。おまえ、神さまにでもなる気か？」

「神さまじゃない。人の命を救えるようになりたいだけだ」

「小浜《おばま》でお義母《かあ》さまが死ぬところを見ただろう？　はやり病にかかる危険《きけん》もかえりみず、あんなに人々のためにつくしたのに、ひどい死に方だった。自分は、ずっと神さまにいのっていたのに、助けてくれなかった……」

玄白は自分の目をうたがった。仙右衛門《せんえもん》はしゃべりながら涙《なみだ》をうかべていた。病《びょう》床《しょう》のみつのそばにもよらなかった仙右衛門を、心の冷たいやつだ、と玄白はにくらしく思っていた。しかし、そうではなかったのだ。

「仙右衛門兄さんだって、助けたかったんだね、ほんとうは」

仙右衛門はこぶしを両目に当てながら、ほんとうに泣きはじめていた。

玄白ももらい泣きしながら、これまでだれにもいえなかった悲しみを打ち明けた。

「医術《いじゅつ》がもっと進歩していたら、お母さまだって、わたしを産んですぐ死ななかったかもしれない」

それをきいて、仙右衛門は両目に当てていたこぶしをはなした。泣きはらして真っ赤だったが、それ以上におそろしい目をしていた。

「今ごろそんなことというな！　おまえが生まれてこなければ、お母さまは今でもお元気だったかもしれない。そうすれば、みつさんだって死ぬことはなかったんだ！」

仙右衛門《せんえもん》がいきなりとびかかってきて、玄白はおしたおされた。

体の大きな仙右衛門に馬乗りになられて、玄白は身動きがとれなかった。玄白は苦しくて目をつぶっていたが、顔に熱い涙《なみだ》がぽたぽたと落ちてくるのを感じた。

「やめなさい！」

奈美《なみ》が両手で仙右衛門をつきとばした。

不思議なことに、次の日からの仙右衛門は、まるで何事もなかったように、以前の口数の少ない仙右衛門にもどっていた。

「お母さまが亡《な》くなったとき、仙右衛門はまだ三歳《さい》だった。だから、お母さまの死が、そんなに大きな心の傷《きず》になっていたなんて知らなかった」

奈美のことばに、玄白もうなずいていった。

「でも、そうだったんだ。だから、感情《かんじょう》を表に出さないようになった。小浜《おばま》で次々

に人が死んだけど、どんなにつらかったか……」

「心がやさしすぎて、人が死ぬのを見ていられないのよ」

ようやく玄白と奈美《なみ》は、仙右衛門《せんえもん》の心の奥《おく》を理解《りかい》できた気がした。

藩主《はんしゅ》とともに甫仙《ほせん》が大坂からもどっていた。ひと月くらいしたある日、甫仙は仕事場で、とつぜん仙右衛門を養子にやるといった。薬研《やげん》を使って薬草をすりつぶしていた玄白は、びっくりして手をとめた。

「お父さまの跡《あと》を継《つ》ぐのは、仙右衛門兄さんでしょ？」

甫仙は首をふった。

玄白は、乾燥《かんそう》させた木の根を包丁《ほうちょう》で細かく切っていた仙右衛門のほうを見た。自分の運命が大きく変わろうとしているのに、いつもの無表情《むひょうじょう》で、作業をつづけている。

仕事場には奈美もいて、細かい作業はできないので、薬を包む紙にするため、半紙をはさみで裁断《さいだん》する手伝いをしていた。

家族全員がそろっているので、甫仙《ほせん》はいいだしたのだろう。

「仙右衛門《せんえもん》は漢学が好きらしいから、漢学者の家に養子にやる。医者には向いていない」

「お父さま、それは誤解《ごかい》です。仙右衛門兄さんは、とても心のやさしい人で、人が死ぬのを見ていられないのです」

「だから、医者には向いていない、といっているのだ」

「そうではなくて……」

「わたしの跡継《あとつ》ぎは、玄白、おまえにする。医者になるのはいやか」

「そんなことはありません。でも、仙右衛門兄さんは、もう何年も、わたしより長く医者の修行《しゅぎょう》をしてきました」

「おまえのほうが医術《いじゅつ》の知識《ちしき》を身につけている」

「いいえ。わたしは医学書をたくさん読んだだけです。それに、疑問《ぎもん》ばかりふえて、役に立つとは思えません」

「じゃあ、どうしたいのだ」

「よくわかりませんが、診察《しんさつ》や治療《ちりょう》をどんどん経験《けいけん》させてください」

「わかった。そろそろそうしようと思っていたところだ」

「それから……」

「まだあるのか？」

「仙右衛門《せんえもん》兄さんも、医者にしてください」

「それはできない。力のない医者がいるのは、藩《はん》に迷惑《めいわく》をかける」

藩に迷惑をかけるという言い方に、玄白は腹《はら》が立った。

「お父さまの跡《あと》を継《つ》いで藩医になれても、りっぱな医者にはなれません！」

「なんだと？」

温厚《おんこう》な甫仙《ほせん》が眉間《みけん》にしわをよせている。怒《おこ》りだしそうだったが、玄白はかまわずつづけた。

「医学書から見つけた疑問《ぎもん》を解決《かいけつ》するためには、多くの人を診察したり治療したりすることが必要だと思います。小浜藩《おばまはん》の家来《けらい》だけでなく、江戸《えど》の町の人たち……そうだ、犬や猫《ねこ》だって医者として診《み》れば参考になると思います。それができないから、お父さまは、いつまでたっても……」

「玄白。お父さまに対して、なんという口のきき方をするのですか」

奈美《なみ》にたしなめられて、玄白は口をつぐんだが、顔を真っ赤にして立ち上がろうとする甫仙《ほせん》を見て、先に立ち上がった。

「玄了《げんりょう》兄さんもみつさんも、救えなかったじゃないか。そんな医者にはなりたくない！」

「あ、まって！」

奈美の声を背中《せなか》にききながら、玄白は父の仕事場をとびだした。

玄関《げんかん》で下駄《げた》をつっかけ、長安寺《ちょうあんじ》の境内《けいだい》をぬけ、矢来屋敷《やらいやしき》の裏門《うらもん》から外へ出た。そして、屋敷を大きく迂回《うかい》して、東へ向かった。

走りながら玄白は、もう屋敷へは帰れないと思った。いろいろと考えているうちに、帰ってはいけないとさえ思っていた。

（帰ったら、お父さまのいうとおりの医者にさせられる。そうなったら、多くの患者《かんじゃ》を死なせてしまうだろう。そんな医者になるくらいなら、自分が死んだほうがいい）

武家屋敷《ぶけやしき》がつづく通りを走りぬけると、神田川《かんだがわ》のほとりに出た。すぐ近くに駒塚橋《こまつかばし》がかかっていた。その向こうには田んぼが広がっている。見わたすかぎり人っ子ひとりいない。きゅうに胸《むね》がせつなく悲しくなってきた。

とぼとぼと橋を途中《とちゅう》までわたり、欄干《らんかん》から身を乗りだして川面《かわも》をながめた。水の量はそれほど多くないが、透明《とうめい》な水がごつごつした岩の間をぬけて流れている。この水は、江戸《えど》の町の間をぬけ、やがて海へそそいでいくのだ。

すがすがしい風が吹《ふ》いてきたので、玄白は思いっきりすいこんでみた。全身が軽くなって、風といっしょにどこかへ流れていくような気がした。目をつぶると、体がふわりとういた。

と、そのとき、玄白はなにかやわらかいものに包まれた気がした。夢《ゆめ》の中で感じたことのある、母のふところのような感覚だった。

「玄白、死んじゃだめ」

「あ、お姉さま」

「とびおりようとしていたのよ」

「ほんとう？」

奈美《なみ》はうなずきながらいった。

「命をたいせつにしなさい」

屋敷《やしき》をとびだした玄白を、甫仙《ほせん》も仙右衛門《せんえもん》も追いかけたが、目の不自由な奈美が玄白を見つけられたのは、いつもいっしょにいて、行きそうな方角が勘《かん》でわかったからだ。

第四章　命は体の中で燃《も》えている

「わたしのいうことを守り、医学書を読みながら疑問《ぎもん》に思ったことを書きとめたのだな。ずいぶんたくさんあるが……。ほほう、質問《しつもん》されてわたしが答えたこともちゃんと書いてある。答えられなかったところは、無答《むとう》（答なし）と大きな文字で書いてある」

甫仙《ほせん》は玄白《げんぱく》が書きとめた帳面をめくりながら感心するようにいった。

玄白は、甫仙によばれて仕事場に来ていた。

ここは、いつ来ても、生薬《しょうやく》という天然の薬の材料が入りまじったにおいがする。生薬はさまざまな動植物や鉱物《こうぶつ》などで、玄白はひとつひとつそれらをかぎわけることができるし、きらいなにおいではない。好きなくらいだ。

ここからとびだしたのは昨日《きのう》のことだ。姉に連れられて、夕方、屋敷《やしき》に帰ったが、ずっと自分の部屋にとじこもっていた。

朝食前に、帳面をもってきなさいといわれたが、しかられるとは思わなかった。病気の家族を救えないような医者になるくらいなら、いっそ死んだほうがいい、とまで玄白が思いつめた理由を、父はわかっているはずだ。

「よくこれだけ書きとめたものだ。この熱心さは医者には必要なことだ」

やはり父は自分の気持ちを変えさせようとしている、と玄白は思った。

「お屋敷にある医学書はほとんど読みました。疑問《ぎもん》に思ったことは、たくさんの患者《かんじゃ》を診察《しんさつ》し、治療《ちりょう》していけば、答えが見つかるかもしれません。もし見つかったら、その疑問の横に書きこんでいきます」

甫仙《ほせん》は二、三度うなずいてからいった。

「わたしの医術《いじゅつ》の先生は、死んだ父だけだった。父はきびしい人だったが、ひたすら医学書を読まされ、診察や治療の手ほどきは少なかった。父の跡《あと》を継《つ》いだのは二十七のときだ。おまえが二十七になるまでにはまだ十年ある。わたしよりはるかに多くの経験《けいけん》を積ませるつもりだ。それは約束しよう」

父のことばはありがたかった。でも、それだけでは、家族をうばった病気を治《なお》せる医者にはとてもなれない、と玄白は思う。

「どうした。まだ不満なのか。あと、どうしたいのだ?」

「わかりません」

玄白は正直に答えた。

「わからないのなら、父のいうことをきけ」

玄白は、「はい」とはいえなかった。何人も家族を失った経験はとてつもなく重い。心に傷《きず》をのこしている仙右衛門《せんえもん》のためにも、かんたんに「はい」といってはいけないのだ。

「わたしを見ながら育ったから、やぶ医者になるのをおそれているのだな」

「いいえ、そうではありません。お父さまはお殿《との》さまの脈《みゃく》も診《み》る名医です。わたしは、名医のお父さまでも治せなかった病気を治せるような医者になりたいのです」

それをきいた甫仙《ほせん》が、はっとしたような顔をした。

しばらく考えてから口をひらいた。

「おまえは本気なのだ。本気でよい医者になりたいと思っている。だから、どうすればよい医者になれるか、本気で考えているのだな」

玄白はこくりとうなずいた。

「わかった。ほんとうのことをいうと、わたしにも、おまえと同じように思っていたときがあった。若《わか》いときわたしは、父がうらやましかった。なぜかというと、父は西《にし》玄甫《げんぽ》先生からも医術《いじゅつ》を学んでいた。玄甫先生は、南蛮《なんばん》（ポルトガルやスペイン）流《りゅう》と紅毛《こうもう》（オランダ）流の外科《げか》を身につけた医者だった」

「なんばんりゅう？　こうもうりゅう？」

甫仙《ほせん》は、甫仙の父つまり先代の甫仙の話をしてくれた。

長崎《ながさき》の阿蘭陀通詞《おらんだつうじ》（オランダ語の通訳《つうやく》）の家に生まれた西玄甫は、ポルトガル人の宣教師《せんきょうし》や、出島《でじま》にあるオランダ商館《しょうかん》のオランダ人医師《いし》から外科を学んだ。玄甫は幕《ばく》府《ふ》のために、阿蘭陀通詞と幕府の医者を兼務《けんむ》した。

甫仙の父は針《はり》や灸《きゅう》を得意とする漢方医《かんぽうい》（中国流の医者）だったが、西玄甫から西洋

の外科医術《げかいじゅつ》も学んだという。しかし小浜藩《おばまはん》には、漢方医《かんぽうい》として仕《つか》えた。

「では、お父さまは、南蛮流《なんばんりゅう》や紅毛流《こうもうりゅう》の外科もできるのですか」

「残念ながら父から学んでいない。父にしても、南蛮流や紅毛流の外科は苦手だったようだ。漢方の外科医術とはまるで違《ちが》う。苦痛《くつう》をやわらげるために針《はり》を打つなどということがなく、人の体をまるで物のようにあつかう点が受け入れられなかったそうだ」

「役に立たないのですか」

「そうではない。生まれた国が違うからといって、人の体に違いはないはずだ。じっさい、紅毛流つまりオランダ流の外科医術は、今でも幕府《ばくふ》に認《みと》められている」

「そうなんですか」

「玄甫《げんぽ》先生の甥《おい》にあたる西玄哲《にしげんてつ》先生が、二年前に幕府の奥医師《おくいし》になられた。外科治《ち》療《りょう》は漢方よりもすぐれているという評判《ひょうばん》だ」

玄白は信じられなかった。幕府の奥医師なら、将軍《しょうぐん》さまの治療をするはずだ。たとえば将軍さまがけがをして、痛《いた》みにたえられないでいるときに、その苦痛《くつう》もやわらげず、乱暴《らんぼう》な治療《ちりょう》をするのだろうか。

「わたしも父からオランダ流の外科医術《げかいじゅつ》を習っておくべきだったのかもしれない」

父のつぶやきをきいて、玄白は思った。

「西玄哲《にしげんてつ》先生から、オランダ流の外科医術を学んではいけませんか」

「なんだって？」

「中国の医学書でわからなかったことでも、オランダ流ならわかるのかもしれません」

「学んでいけないことはないが、教えてもらえるだろうか」

「お父さまより、たくさん学びたいのです」

「やぶ医者にならないためにな？」

「そういうことではありません」

「わかっている」

甫仙《ほせん》は、年が明ければまた藩主《はんしゅ》とともに大坂へ旅立つ。玄白は、その前に、西玄哲に入門させてもらいたかった。

甫仙《ほせん》はいそがしくなり、毎日のように出かけるようになった。

玄白は期待してまっていたが、真っ先に決まったのは、きよが同居《どうきょ》することだった。きよは菓子屋《かしや》の娘《むすめ》で、三十歳《さい》をすぎた、少し暗い感じのする女だった。甫仙はきよを妻《つま》にする気らしいが、最初の妻にも二番目の妻にも先立たれているので、すぐには妻にはしないという。二度あることは三度あるということわざをおそれているのだろう。

二十二歳の奈美《なみ》の視力《しりょく》はさらに弱っていて、どこへも嫁《よめ》にやれなかったが、家の用事をすべてまかせるのも無理になっていた。

みつの七回忌《しちかいき》（死んで六年目の法要《ほうよう》）を終えたあと、きよは引《ひ》っ越《こ》してきた。次に決まったのは、仙右衛門《せんえもん》のことだった。やはり養子に行くのだ。信濃国《しなののくに》（現在《げんざい》の長野県）の小さな藩《はん》の漢学者の家だった。おとなしい仙右衛門には、そうぞうしい江戸《えど》よりも肌《はだ》に合うのではないかと玄白は思った。

その養子先を紹介《しょうかい》してくれた漢学者は、宮瀬龍門《みやせりゅうもん》という漢学者だったが、甫仙は、玄白に意外なことをいった。

「わたしをこえるためには、漢学もしっかり学んだほうがいい。宮瀬《みやせ》龍門《りゅうもん》先生は、紀州藩《きしゅう》（現在《げんざい》の和歌山県と三重県《みえけん》南部が領地《りょうち》）の藩医《はんい》の家に生まれた方だ。医者のことはよく知っておられる。入門しなさい」

藩医である杉田《すぎた》家《け》の跡継《あとつ》ぎになることを考えると、父の配慮《はいりょ》は間違《まちが》っていない気がした。玄白は、さっそく、江戸城《えどじょう》の北の方角、不忍池《しのばずのいけ》に近い湯島天神裏《ゆしまてんじんうら》にある宮瀬《みやせ》塾《じゅく》へ通うことになった。

西玄哲《にしげんてつ》への入門は、甫仙《ほせん》が大坂へ旅立つすんぜんにやっと決まった。

玄哲は幕府《ばくふ》の奥医師《おくいし》だが、町医者も兼業《けんぎょう》していた。あわただしく甫仙に連れられてあいさつに行った。玄哲の屋敷《やしき》のある芝《しば》の二本榎《にほんえのき》は、江戸城をこえた南の方角で、矢来《やらい》屋敷から二里（約八キロ）近くもあった。

会ってみると玄哲は、七十歳《さい》の気むずかしい老人だった。決められた日には、どんなに天気が悪くても来い、といわれた。

玄白は少しゆううつになった。

それでも玄白は、オランダ流外科《げか》を幕府の奥医師から学べるのだから、がんばって通おうと思った。

三年後、玄白は二十歳《はたち》になった。この間に二回、甫仙《ほせん》は大坂へ出かけていたから、父について診察《しんさつ》や治療《ちりょう》を経験《けいけん》できたのは、期待していた半分もなかった。だから、宮瀬塾《みやせじゅく》と西塾《にしじゅく》での勉強はとても有意義《ゆういぎ》だった。

その年の十二月二十一日、玄白は、小浜藩《おばまはん》の上屋敷《かみやしき》で医者として勤務《きんむ》するように命じられた。牛込《うしごめ》の矢来《やらい》屋敷から、神田《かんだ》の昌平橋《しょうへいばし》の南側にある上屋敷まで通うのである。湯島天神《ゆしまてんじん》に近いので、道はよく知っていた。

甫仙は玄白が藩医として認《みと》められたことを祝福してくれたが、玄白は不安だった。

「今のおまえは、わたしが二十歳だったときより、はるかにしっかりしている。それより、ここから遠い玄哲《げんてつ》先生のところへ通うのは、あきらめなければならないな」

「玄哲先生のところでは、オランダ流の外科医術《げかいじゅつ》ということで、切り傷《きず》の手当て、骨折《こっせつ》や脱臼《だっきゅう》の処置《しょち》などをしっかり学びました」

「なんだ、それだけか」

「はい。オランダ語の医学書はほとんど見せてもらえませんでした」

西玄哲《にしげんてつ》の医術《いじゅつ》は、玄白の期待ほどではなかったのである。

「いいのか、今のままで藩医《はんい》になって」

「わたくしは力不足です。でも、学ぶ機会はかならず訪《おとず》れると思っています」

「そうか。そのときは、わたしも力になろう」

それをきいて、玄白は少し気が楽になった。

大坂城代《おおさかじょうだい》だった藩主の忠用《ただもち》は、つづけて京都所司代《しょしだい》（京都や朝廷《ちょうてい》に関する政務《せいむ》をとる幕府《ばくふ》の重要な職務《しょくむ》）を命じられた。

青葉が太陽の光を反射《はんしゃ》してかがやきだしたころ、甫仙《ほせん》は藩主について京都へ旅立った。

矢来屋敷《やらいやしき》には玄白と奈美《なみ》、きよがのこり、藩医になった玄白は留守宅《るすたく》の主《あるじ》だった。

その年は、梅雨《つゆ》が長く、夏の訪れがなかなかやってこなかった。

奈美は、光は感じることができても、物の形がおぼろげになっていた。それでも、家事をきよまかせにせず、できることはすすんでやっていた。それが奈美の生きがいでもあったし、視力《しりょく》をおぎなうように勘《かん》がするどかったから、玄白もきよも、無理にやめさせることはしなかった。

前夜の雨が上がった朝、井戸《いど》へ水くみに出かけた奈美《なみ》は、うっかりぬれた踏《ふ》み石《いし》で足をすべらせて転倒《てんとう》してしまった。

大きな音がして、気がついたきよが外へとびだした。そのけはいで、玄白も外へ出た。

後頭部を打ったらしい奈美は、ぐったりとしていた。出血も外傷《がいしょう》もなく、眠《ねむ》っているようだった。しかし、玄白のよびかけに反応《はんのう》せず、その眠りは、海の底へしずむように、どこまでも深く深くなっていくようだった。

玄白は奈美の枕《まくら》もとから片時も離《はな》れなかった。

気がつくと、もう夕闇《ゆうやみ》が部屋に入りこんでいて、きよがあんどんに火をともしているところだった。

玄白は、ゆらめきながらまたたいている、あんどんの明かりを見つめた。

（人の命というのは、あんどんの灯《ともしび》のようだ。体の中でもなにかが燃《も》えている。今、

お姉さまの体内では、それが消えかけている。消えかけていることがわかるのに、医者のわたしにはそれを止めることができない）

奈美《なみ》は死んだ。二十六歳《さい》だった。自分の手で奈美の目を治《なお》してあげたかった。夢《ゆめ》をはたせなかった。玄白はくやしかった。

奈美を埋葬《まいそう》したとき、長安寺《ちょうあんじ》のあじさいは、すっかり色を失っていた。

京都から甫仙《ほせん》がもどり、信州から仙右衛門《せんえもん》もやってきて、三七日《さんしちにち》（死んで二十一日目の法要）をすませたが、玄白はずっと考えていた。

（医者をつとめる杉田家《すぎたけ》に、これだけ不幸がつづくのは、今の医術《いじゅつ》に満足しないで、もっともっと飛躍的《ひやくてき》に医術を進歩させろと、天が命じているのだ。きっとそうだ）

第五章　人体の真実を知るために

奈美《なみ》が死んだという連絡《れんらく》を受け、急いで京都からもどってきた甫仙《ほせん》は、まるで魂《たましい》のぬけがらのようになってしまった。

仕事場に手伝いに行くと、今日も甫仙はぼんやりしていた。

玄白《げんぱく》は、甫仙は思い出の多い矢来屋敷《やらいやしき》にしばらくいないほうがいい、と思った。

「そろそろ京都にもどらなくていいのですか」

「玄適《げんてき》がいるからいい」

蚊《か》の鳴くような声で、よくききとれない。

「小杉《こすぎ》玄適先生のことですか」

小杉玄適は小浜藩医《おばまはんい》のひとりだが、まだ二十四歳《さい》と若《わか》く、医術《いじゅつ》の修行《しゅぎょう》をするため

京都に滞在《たいざい》しているときいている。

(玄適《げんてき》先生は、京都で古医方《こいほう》も学んでいるだろうか)

すぐれた医術《いじゅつ》を学びたいと思っている玄白は、古医方にも関心をいだいていた。玄白が読んでいる中国の医学書は、(古代中国の考え方で、万物の現象《げんしょう》を説明している)陰陽五行《いんようごぎょう》と(人間の内臓《ないぞう》を説明している)五臓六腑説《ごぞうろっぷせつ》が基本《きほん》で、とてもむずかしい。じっさいにおこなう治療《ちりょう》や処置《しょち》は、針《はり》や灸《きゅう》そして漢方薬《かんぽうやく》の投与《とうよ》だが、それらの関係が、あいまいで理解《りかい》できないのだ。

ところが、古医方というのは、じっさいの診察《しんさつ》や治療に役立つ医術をめざす漢方で、陰陽五行も五臓六腑説もまずうたがってかかっていた。古医方を学ぶ医者は京都に多かった。

甫仙《ほせん》が返事をしないので、玄白はもう一度小杉《こすぎ》玄適なのかきいた。

「そうだ。玄適は若《わか》いがしっかりしている。自らお殿《との》さまにお願いして、古医方を学びに行っているのだ」

さりげないいい方だったが、父の口から古医方ということばが出てきたので、玄白はびっくりした。それに、自分から藩主忠用《はんしゅただもち》にお願いしたということも。

小浜《おばま》ではやり病がまんえんしたとき、忠用は二十一歳《さい》と若《わか》かったが、藩医である甫《ほ》仙《せん》に、武士《ぶし》以外も治療《ちりょう》するように命令した。その後の忠用は、大坂城代《おおさかじょうだい》、京都所司《しょし》代《だい》といった幕府《ばくふ》の重要な職務《しょくむ》をつとめている。

優秀《ゆうしゅう》なお殿《との》さまだから、優秀な家臣の願いをききとどけてくれるのだ、と玄白は思った。

「玄適《げんてき》先生は、どなたから学ばれているのですか」

「山脇東洋《やまわきとうよう》先生に入門しているそうだ」

「どのようなことを学ばれているのか、わたしもぜひ知りたいです」

「玄適が帰ってきたら会わせてやろう」

甫仙の返事には、もう京都へはもどらないという気持ちがふくまれていた。

年が明け、春から夏へ季節はめぐった。

その後、京都へは甫仙以外の藩医が送られている。玄白はいつのまにか甫仙の約束を忘《わす》れてしまった。

ふと夜空を見上げると月が美しく見え、羽織《はお》るものがほしくなる季節になっていた。

ある日、父の甫仙《ほせん》からとつぜんいわれた。

「玄適《げんてき》がもうじき江戸《えど》にやってくるから、ここでゆっくり京都の話をきこう」

「古医方《こいほう》を学んでいるという小杉《こすぎ》玄適先生ですね。修行《しゅぎょう》が終わったということですか」

甫仙ははっきり答えなかった。意味ありげな表情《ひょうじょう》をしていた。なにか知っているらしいが、口にしない。きっと自分をおどろかせようとしているのだ。玄白はそんな気がした。

その日は、朝から落ちつかなかった。どんな話がきけるか、期待で胸《むね》がふくらんでいた。

「玄白どのは、五臓六腑説《ごぞうろっぷせつ》を信じていますか」

初対面のあいさつもそこそこに、玄白はいきなり質問《しつもん》された。はっきりした大きな声だった。わずか三歳《さい》上の玄適は、名医の風格《ふうかく》さえただよわせていた。

玄白は圧倒《あっとう》され、答えにこまった。

五臓《ごぞう》が肝《かん》、心、脾《ひ》、肺《はい》、腎《じん》で、六腑《ろっぷ》が胆《たん》、小腸《しょうちょう》、胃、大腸、膀胱《ぼうこう》、三焦《さんしょう》であることくらいは知っている。しかし、じっさいに見たこともないこれらを、書物からの知《ち》識《しき》だけで説明する自信はなかった。

すると、父が助け船を出してくれた。

「せがれは、今の医学に疑問《ぎもん》をたくさんいだいている。おそらく五臓六腑説についても。しかし、疑問に思っても、どうしたら解決《かいけつ》するのか、それがわからないでいる」

それで、ようやく玄白も自分の気持ちがいえるようになった。

「顔色が悪くなったり、体がほてったり、おなかがいたくなったりしますが、そのとき、五臓六腑はどうなっているのでしょう?」

玄適《げんてき》は大きくうなずいていった。

「山脇東洋《やまわきとうよう》先生は、かわうその体を何びきも切りひらきました。五臓六腑をじっさいに見てみようとしたのです。そうしたら、どうも知っている五臓六腑と形状《けいじょう》が違《ちが》う。最初は、人でなく動物だから違うのかと思ったそうです。ところが、幸運にもオラン

○五蔵六腑形　并　○十二經脈図

○正面図

『覆載萬安方』ヨリ

ダの医学書が手に入り、その中にある人の体内の絵と比べてみると、よく似《に》ている。オランダ人の体は、かわうそに近いのでしょうか」

玄白は冗談《じょうだん》でしょうと笑おうとしたが、玄適《げんてき》の顔は真剣《しんけん》だった。

「玄白どのがいわれるように、ほとんどの医者は、患者《かんじゃ》の体の中がどうなっているのか知らない。かわうその体を切りひらくこともしない。医者なら、人の体の中をよく知ったうえで、治療《ちりょう》をおこなう。それが正しい態度《たいど》だとは思いませんか」

玄適の話をきいているうちに、玄白はわれ知らず、身を乗りだしていた。

そこへ、きよがお茶とお菓子《かし》を運んできた。

「かわうそを切りひらくだとか、こわい話をしてますねえ。これ、実家でつくっているお菓子です。どうぞめしあがってください」

「これからもっとこわい話になるぞ」

甫仙《ほせん》がいうと、きよは気味悪がって、さっさと座敷《ざしき》から出ていった。

それでも、玄適の話は中断《ちゅうだん》して、三人はお茶とお菓子を楽しんだ。

「さて、そろそろこわい話をきこうかな」

甫仙《ほせん》が顔を向けると、玄適《げんてき》はお茶を飲みほしてから話しはじめた。

「五臓六腑説《ごぞうろっぷせつ》が正しいかどうかは、人の体の中を見てみなければわからない。しかし、そのようなことは許《ゆる》されていない」

玄白は緊張《きんちょう》してきた。胸《むね》の鼓動《こどう》が高鳴るのを感じた。

「が、人の体の内部を見ている者がいる」

「え？　だれですか」

「同じ人間なのに人間あつかいされず、人がやりたくないことをやらされている人たちだ」

当時、重い罪《つみ》を犯《おか》した人の処刑《しょけい》を手伝ったり、その死体の片づけをしたりした人たちがいた。肉や毛皮をとるために動物を殺すこともふくめ、けがらわしい仕事ということで、差別された人たちがそれをしていたが、かれらに許《ゆる》されていることがあった。

「医者だから知っているだろうが、人や動物の体には薬になると信じられている部分がある。たとえばきも（胆）だ。売るために、死体を切りひらいて、このきもを取っている」

（それなら人の体内を見ているはずだ）

「自分ではできなくても、そういった行為《こうい》を横で見ることができれば、医者として大いに役立つと思いませんか」

（まさか……？）

玄適《げんてき》は今日はじめて笑顔を見せた。自信にみちた笑顔だった。

「山脇《やまわき》先生といっしょに、人の体内を見ました。そして、わたしたちが知っている五臓六腑説《ごぞうろっぷせつ》が間違《まちが》っていて、オランダの医学書のほうが正しいことを知ったのです」

半年近い前の閏《うるう》二月（江戸《えど》時代のカレンダーでは一年が十三か月の年があり、二度目の月を閏月とよんだ）七日のことだという。

罪人《ざいにん》の処刑《しょけい》があることがわかり、京都町奉行所《まちぶぎょうしょ》に死体の内部を見る申請《しんせい》を出した。奉行所では前例のないことだったので、京都所司代《しょしだい》の判断《はんだん》をあおぐことになった。

そのときの京都所司代は、小浜藩主酒井忠用《おばまはんしゅさかいただもち》である。小杉《こすぎ》玄適は直接《ちょくせつ》忠用に面会し、人の体内を見ることがいかに医学の進歩に役立つかを説明した。忠用も興味《きょうみ》をもったらしいが、自分の判断が必要だとすぐ理解《りかい》して許可《きょか》してくれたという。

そのとき忠用《ただもち》が京都所司代《しょしだい》でなかったなら、日本で最初の医者による人体内部の観察は、もっとおくれていたかもしれない。

「ほんとうにわれらがお殿《との》さまは、英邁《えいまい》であらせられる（非常《ひじょう》に才知《さいち》がすぐれておられる）」

甫仙《ほせん》は、忠用の思いきった決断《けつだん》に、医者という身分をこえて感動していた。

京都の西にあった刑場《けいじょう》で処刑《しょけい》された死体は、六角獄舎《ろっかくごくしゃ》とよばれる牢屋敷《ろうやしき》にもどされ、きもを取ることになれた人により切りひらかれた。

「これから、同じことが次々におこなわれますね」

玄白はいったが、父は強く首をふった。

「世の中は、そんなにあまくないぞ。必要で正しいことでも、最初のおこないには批《ひ》判《はん》がおこるものだ。だから、五臓六腑説《ごぞうろっぷせつ》がでたらめだなどと、軽はずみにいってはならぬ」

「甫仙先生のおっしゃるとおりです。牢屋敷で観察したのは、山脇東洋《やまわきとうよう》先生はじめ五人です。中のひとりが内臓《ないぞう》の絵を描《か》いています。早く多くの医者たちに見てもらいたいのですが、へんに誤解《ごかい》されたら、せっかくのお殿《との》さまのお許《ゆる》しを無にすることになります」

日本最初の人体解剖書《かいぼうしょ》である『蔵志《ぞうし》』の出版《しゅっぱん》は、じつに五年後のことになる。しかし、その前に、山脇東洋《やまわきとうよう》らのしたことは少しずつ伝わり、じっさいに体内を見るたいせつさがだんだん理解《りかい》されていった。『蔵志』を世の中に受け入れてもらうために、五年という月日が必要だったのである。

こんにち、身近な場所に動物がいなくなってへったけれども、かつては小学校や中学校の理科の授業《じゅぎょう》で、かえるやふなの解剖がおこなわれた。医学部の学生に対しては、献体《けんたい》（自分の遺体《いたい》を無償《むしょう》で提供《ていきょう》すること）された人の解剖の授業《じゅぎょう》は、今でもかならずおこなわれる。

しかし、この年（宝暦《ほうれき》四年、西暦一七五四年）まで、日本では医者でさえ、解剖はもちろん、人体内部の観察すらしていなかった。

玄白は、玄適《げんてき》の話から衝撃《しょうげき》を受けたが、それ以上に医者として感動していた。

「お話をうかがって、最初、玄適先生をうらやましいと思いました。五臓六腑説《ごぞうろっぷせつ》が間《ま》違《ちが》っていることを、だれよりも早くたしかめることができたからです。でも、もっとたいせつなことを学びました。それは、たとえ先人の教えでも疑問《ぎもん》をもち、人の体の正しいしくみや病気の原因《げんいん》を知り、治療法《ちりょうほう》を見つけていく医者の姿勢《しせい》です」

その年の暮《く》れ、きよが甫仙《ほせん》の娘《むすめ》を産んだ。紗江《さえ》と名づけられた。二十二歳《さい》の玄白のはじめての妹である。しかし、四十歳《さい》近くではじめて子を産んだきよの体には、この出産は大きな負担《ふたん》になったようだ。それからは寝《ね》こむことがふえた。

二年後、杉田家《すぎたけ》にまた不幸が訪《おとず》れた。

甫仙が京都の藩医《はんい》と交代するために京都に行っている間に、そのきよが幼子《おさなご》をのこして死んでしまったのである。

玄白は、医者としてあせりはじめた。父ももう六十六歳だ。いつ父に代わって、責任の重い奥医師《おくいし》を命じられるかわからない。

玄白は、医者としての経験《けいけん》をもっと積むために、藩士以外の多くの患者《かんじゃ》を治療しようと思った。そこで甫仙と相談し、矢来屋敷《やらいやしき》から出て町医者を開業したいと藩主の忠《ただ》用《もち》にお願いしたのである。

忠用《ただもち》は、こころよくその願いを認《みと》めてくれた。

こうして玄白は、宝暦《ほうれき》七年（一七五七）、江戸《えど》のほぼ中心、日本橋通《とおり》四丁目に移《うつ》りすむことになった。

第六章　異彩《いさい》をはなつ平賀源内《ひらがげんない》

玄白《げんぱく》が引《ひ》っ越《こ》した場所は、日本橋から京橋へかけて両側に大きな商店がならぶ、江《え》戸《ど》のもっともにぎやかな大通りのすぐ裏《うら》だった。

日が高いうちに引っ越しのあいさつをしてまわると、いそがしいからだろう、どこのうちもそっけない応対《おうたい》だった。ところが、夕方になって町全体のにぎわいが静まってくると、お裾分《すそわ》けだといって煮物《にもの》を入れた小さなどんぶりをもったおかみさんや、昼間は仕事でいなかった職人《しょくにん》がこまったことがあったらなんでもいってくれ、とわざわざやってきた。

(町人の世界は、こうやって、隣《となり》近所で助けあっているのだな)

二十五歳《さい》ではじめてひとり暮《ぐ》らしをはじめた玄白の不安は、どんどんうすれていった。

翌日《よくじつ》から医者の看板《かんばん》をかかげてみると、ぽつりぽつりと患者《かんじゃ》がやってきた。腰《こし》がいたいという年寄《としよ》りには針《はり》を打ってやった。指を切ったという子どもには、少々あらっぽかったが、血を出したあとしっかり消毒して薬をぬり、包帯をきつく巻《ま》いてやった。そのうち堂々と紅毛流《こうもうりゅう》の外科《げか》をやるというつもりだが、こわがらせないように今はないしょだ。

決まった日には藩《はん》の上屋敷《かみやしき》にも通い、玄白は、近所の人たちとのつきあいを深めながら、診察《しんさつ》や治療《ちりょう》の腕《うで》を上げていった。

こうして引《ひ》っ越《こ》して二年あまりがすぎた、残暑がまだきつく感じられる昼下がり、めずらしい来客があった。患者がいないので、古医方《こいほう》の医学書を読んでいるときだった。

「近くまで来たのでよってみました」

小浜藩医《おばまはんい》中川仙安《なかがわせんあん》の息子淳庵《じゅんあん》だった。玄白より六つ下の二十一歳《さい》である。先月はじめて上屋敷《かみやしき》で会った。父親の薬箱持ちをしていた。まだ正式に藩医《はんい》になっていないので、髪《かみ》をうしろで無造作《むぞうさ》に結んだだけである。

上屋敷では、玄白もふたたび奥医師《おくいし》を命じられていた父といっしょだったので、ゆっくり話ができなかったが、また会ってみたいと感じる雰囲気《ふんいき》を淳庵《じゅんあん》はもっていた。

「おいそがしいですか」

「けっこう患者《かんじゃ》は多いですが、だいぶなれました。こうやって本を読む時間もとれるようになりましたから。さあ、上がってください」

「あ、『千金方《せんきんほう》』ですね。玄白先生は、古医方《こいほう》に興味《きょうみ》があるのですか」

玄白が読んでいた『千金方』は、中国の唐《とう》の時代の医学書で、新しい時代、金《きん》や元《げん》のものより、説明が具体的だった。

「ええ。でもほんとうは、紅毛流《こうもうりゅう》の医術《いじゅつ》、とくに外科《げか》医術に、もっとも関心がありますす」

「どうしてですか」

玄白は、なにから話していいかまよった。

救えなかった家族の病気でも、紅毛流《こうもうりゅう》の医術《いじゅつ》を身につけていたら救えたかもしれない。そういおうとしたが、ほんとうですか、ときかれたら、「はい」と答える自信がなかった。

だまっていたら、淳庵《じゅんあん》のほうから話しだした。

「わたしは本草学《ほんぞうがく》（中国古来の薬物に関する学問）にすごく興味《きょうみ》があります。医者にとっても役立つ知識《ちしき》になります。ところが、これもオランダ流になると、知らない植物や鉱物《こうぶつ》がたくさん出てきます。オランダ流をもっと勉強しなければなりません」

玄白はうれしくなった。上屋敷《かみやしき》で会ったとき、なんとなく親しみを感じたのは、紅毛流という同じ分野に関心をもっていたからなのかもしれない。しかも淳庵は、オランダ流とはっきりいっている。

「今日は、本石町《ほんこくちょう》の薬種問屋《やくしゅどんや》、長崎屋《ながさきや》に行ってきたのですが、ほら、こんなにたくさん変わったものがありました」

淳庵がふところから小さな紙包みを次々に出してみせた。淳庵の説明をききながら、明るくて素直《すなお》な淳庵に、玄白はますます好感をもった。そこで、決心した。

「なぜオランダ流の医術《いじゅつ》に関心があるといったのか、その根拠《こんきょ》をお見せしましょう」

玄白は、奥《おく》へ行って、手に入れたばかりの本を両手でだくようにしてもってきた。

「これは『蔵志《ぞうし》』という本です」

二巻《かん》からなっている『蔵志』は、五年前に山脇東洋《やまわきとうよう》らがおこなった人体解剖観察《かいぼう》の結果を、ようやく本にして出版《しゅっぱん》したものだった。

「ここを見てください」

玄白がしめした部分には、胸《むね》から腹《はら》まで切りひらかれて内臓《ないぞう》が見えている、はだかの人体の絵があった。ただし、人体に首から上はない。

「こ、これは……」

「次を見ると、もっとおどろくでしょう」

そこには、人体から取りだされた内臓の絵が、色ぬりで描《か》かれていた。

「右の絵は、人の体の前のほうから見たもの、左の絵は、うしろのほうから見たものです」

まだ解剖や内臓ということばがない時代なので、玄白は話し方に苦労した。

「腑分《ふわ》けとよんでいるようです。死体から臓腑《ぞうふ》（内臓《ないぞう》のこと）を切りわけるので。そして、それらを観察することを観臓《かんぞう》……」

「腑分けも観臓も、なまなましい響《ひび》きがありますね」

玄白は、小杉玄適《こすぎげんてき》からきいた当時のようすを淳庵《じゅんあん》にも説明した。

「これらの絵を見るだけでも、五臓六腑説《ごぞうろっぷせつ》が間違《まちが》っていることがわかります。ところが、オランダの医学書の絵は、じっさいの内臓とそっくりだったそうです。だからわたしは、オランダ流の医術《いじゅつ》に関心があるのです」

この五年間に、腑分けが何か所かでおこなわれたといううわさも玄白はきいていた。

二人は『蔵志《ぞうし》』を間におき、時間がたつのも忘《わす》れて、人の内臓について話しあった。わからないことばかりだった。

日が暮《く》れて明かりが必要になったので、淳庵は帰り支度《じたく》をはじめた。淳庵の家は鉄《てっ》砲洲《ぽうず》にある。ここから東の方角、海に近い。

「忘《わす》れるところでした。今日はこれをおわたししようと思って来たのです」

淳庵から手わたされたのは、一枚《まい》の引札《ひきふだ》（宣伝用《せんでんよう》のチラシ）だった。

「来月、湯島《ゆしま》で薬品会《やくひんえ》があります。上屋敷《かみやしき》にも近い。ご案内しますよ」

引札《ひきふだ》には、展示《てんじ》の案内がびっしりと刷《す》りこまれていた。


その日、玄白は仕事を休んで、薬品会を見に行った。

薬品会は物産会《ぶっさんえ》ともよばれる。めずらしい植物や動物の体の一部、鉱物《こうぶつ》そしてほんとうになにかわからないものが、ところせましと個人《こじん》の屋敷《やしき》の広い座敷《ざしき》を利用して陳列《ちんれつ》してあった。現代《げんだい》のことばを使えば、小さな博覧会《はくらんかい》である。

淳庵《じゅんあん》は六種類の薬品を展示したが、主催者《しゅさいしゃ》が展示した物は五十種類もあるという。

湯島へ来るまで淳庵からきいていた主催者は、平賀源内《ひらがげんない》という名で、讃岐国《さぬきのくに》（現在《げんざい》の香川県《かがわけん》）高松藩《はん》のさむらいである。しかし源内本人にいわせると、自分は浪人《ろうにん》で、幕府《ばくふ》の学問所がある湯島の聖堂《せいどう》（中国の思想家孔子《こうし》をまつった建物）に寄宿《きしゅく》しているという。年齢《ねんれい》は玄白より五つ上の三十二歳《さい》だった。

「あそこで説明している人が、平賀源内さんですよ」

淳庵が指さすほうを見ると、羽織《はおり》を着た男が、自分の展示品をよく通る声で説明し

産物

ている。髪《かみ》は月代《さかやき》（頭頂部《とうちょうぶ》）を剃《そ》らず、そこに細いちょんまげをのせている。面長《おもなが》で鼻が高く、漢学者のような風貌《ふうぼう》だ。

淳庵《じゅんあん》といっしょに近づくと、きゅうに説明をやめて、こちらに向きなおって話しだした。

「小浜藩《おばまはん》の杉田玄白《すぎたげんぱく》先生ですね。よくおこしくださいました。淳庵先生から話をきいています。オランダ流外科《げか》に興味《きょうみ》があるとか……」

「わたしは漢方医《かんぽうい》ですが、オランダ流をしっかり学ばなければと思っています。オランダの医学書には、五臓六腑説《ごぞうろっぷせつ》よりも正確《せいかく》な人体の内部が、絵で説明してあるらしいのです」

それをきいた源内《げんない》は、ふところから一冊《さつ》の本を取りだして、中をひらいて見せた。

「七年前に長崎《ながさき》で買ったオランダの本です。見てください、この植物の絵を。わが国の画法とまったく違《ちが》っている。まるでここに実物をはりつけてあるように見えませんか」

いわれるとたしかにそのとおりだった。玄白はまだ見たことがないが、山脇東洋《やまわきとうよう》らが見くらべたオランダの医学書の絵は、『蔵志《ぞうし》』の中にある絵よりもはるかになまなましいに違《ちが》いない。

それにしても、源内《げんない》のオランダの本には、見たこともない小さな文字がびっしりと印刷《いんさつ》されていてまるで読めない。

「源内どのは、オランダ語が読めるのですか」

自信たっぷりな説明をきいていると、源内はオランダ語も読み書きできそうだった。

「すらすらは読めないが、要点だけは絵を見ながら理解《りかい》できる。それでじゅうぶんでしょう」

そこへ淳庵《じゅんあん》が口をはさんだ。

「それができるのは源内さんだけですよ。わたしなら、わが国のことばと同じように、オランダ語を読めて話せるようにならなければ、内容《ないよう》を正しく理解《りかい》できないと思います」

どちらのいうことも正しいと玄白は思った。

その日から玄白は、気さくな源内と親しくつきあうようになった。

源内《げんない》の話題は豊富《ほうふ》で、玄白の知らないことばかりだった。源内のようにいろいろなことを知っている人ははじめてだった。

浪人《ろうにん》だといっていた源内は、じきに高松藩《はん》から手当てをもらうようになり、藩主《はんしゅ》の指示《しじ》でよく出かけた。大坂へ行って本をさがしていたかと思えば、相模国《さがみのくに》（現在《げんざい》の神奈川県《かながわけん》）や紀伊国《きいのくに》（現在の和歌山県）の海岸でめずらしい貝を発見し、高松藩の領内《りょうない》で薬草の調査《ちょうさ》もした。

そうしながら、毎年のように江戸《えど》で薬品会《やくひんえ》も開催《かいさい》する。淳庵《じゅんあん》も出品するので、玄白はかならず見学に行った。

宝暦《ほうれき》十四年（一七六四）は、後桜町《ごさくらまち》天皇の即位《そくい》により、六月二日に改元《かいげん》されて明和《めいわ》元年となった。

源内と知りあって五年になるが、この間、いろいろなことがあった。玄白は火事で二度も家を焼かれ、同じ日本橋区域《くいき》で二度引《ひ》っ越《こ》した。四年前には、紅毛流外科《こうもうりゅうげか》を学んだ西玄哲《にしげんてつ》が、八十歳《さい》という高齢《こうれい》で亡《な》くなった。二年前には、『蔵志《ぞうし》』を出版《しゅっぱん》した山脇東洋《やまわきとうよう》が死んだ。まだ五十八歳《さい》だった。江戸《えど》に向かう直前の急死だ、と小杉玄適《こすぎげんてき》からの手紙に書いてあった。

残暑のきびしい夕暮《ゆうぐ》れどき、中川淳庵《なかがわじゅんあん》が、いつものように、笑顔でやってきた。患者《かんじゃ》もいなかったので、玄白は喜んでむかえた。

「本草学者《ほんぞうがくしゃ》が今日はなんの用ですか」

「わたしが本草学者になるなら、源内《げんない》さんは戯作者《げさくしゃ》（エンターティンメント小説家）になるかもしれませんよ」

「おもしろおかしい物語の戯作ですか」

「俳諧師《はいかいし》や狂歌師《きょうかし》（俳句や狂歌をつくる人）とつきあっていることは知っていたでしょう？　このごろは、風来山人《ふうらいさんじん》という名前（ペンネーム）で戯作まで書いていますす」

地獄《じごく》を舞台《ぶたい》にした源内の『根南志具佐《ねなしぐさ》』は昨年から評判《ひょうばん》になっているという。

「あの方の多芸ぶりにはおどろかされます」

淳庵は、ところでといって、話題を変えたが、やはり源内の話だった。

「源内《げんない》さんが、三年前から、オランダ人と会っていることはご存知《ぞんじ》でしたか」

「長崎《ながさき》へ通っているのですか」

「江戸《えど》で会っているのです」

当時、日本と貿易《ぼうえき》をするために、長崎に駐在《ちゅうざい》しているオランダ人は、毎年春になると江戸へやってきて、将軍《しょうぐん》にお礼のあいさつをする習慣《しゅうかん》があった。

甲比丹《かぴたん》とよばれる商館長《しょうかんちょう》と医師《いし》、書記官《しょきかん》の三人のオランダ人に、阿蘭陀通詞《おらんだつうじ》らが同行していた。

かれらは、江戸ではかならず本石町《ほんこくちょう》の薬種問屋《やくしゅどんや》である長崎屋に滞在《たいざい》した。淳庵《じゅんあん》がときどき薬を買いに行く場所である。

「代々幕府《ばくふ》の奥医師《おくいし》をつとめる桂川家《かつらがわけ》は、長崎屋でオランダ人に面会することが許《ゆる》されています。桂川家の人たちとも親しくなった源内さんは、いっしょに長崎屋を訪問《ほうもん》してオランダ人と交流しているのです」

「オランダ人とも親しくなったのですか」

「顔ぶれは毎年変わるみたいですけど」

源内《げんない》は、初対面でも、たとえ相手がオランダ人でも、すぐ話ができるのだ。それだけ好奇心《こうきしん》が強く、いつも心をひらいているからだろう。

「昨年の薬品会《やくひんえ》に小豆島《しょうどしま》（源内の出身である讃岐国《さぬきのくに》にある島）でとれた竜骨《りゅうこつ》がいくつか展示《てんじ》してあったのをおぼえていますか」

「中国から医薬として伝来している竜骨が、日本でも発見されたというのでおどろきました」

「源内さんは中国の竜骨を竜の骨《ほね》だとは思っていません。動物の古い骨、たとえば象《ぞう》の骨の化石かもしれないと思って、三年前にやってきたオランダ人外科医《げかい》のパウエルに質問《しつもん》したのだそうです。そうしたら、オランダでもスランガステーン（へびの石という意味）といって、主にへびの頭の骨をくだいてつくる同じような薬があると教えてくれたそうです。竜骨の話は、今日、長崎屋《ながさきや》の番頭からきいてはじめて知りましたが、毎年、源内さんはオランダ人から新しい知識《ちしき》をえています」

ここまで話をきくと、オランダ流外科をめざしている玄白は、オランダ人と接触《せっしょく》していないことがはずかしく思えてきた。

「玄白先生。今、なにをお考えか、当ててみましょうか」

ぼんやりしていた玄白は、淳庵《じゅんあん》に子どもみたいな質問《しつもん》をされ、苦笑しながらうなずいた。

「来年、オランダ人が江戸《えど》にやってきたらぜひ会いたい、でしょう？」

そのとおりだった。

第七章　オランダ語にいどむ前野《まえの》良沢《りょうたく》

明和《めいわ》二年（一七六五）、将軍《しょうぐん》に拝礼《はいれい》するためのオランダ人一行は、二月二十五日から長崎屋《ながさきや》に滞在《たいざい》していた。三月一日に将軍に拝礼すると訪問者《ほうもんしゃ》がふえるので、ゆっくり会うのはその前がよかった。

幕府《ばくふ》の奥医師《おくいし》である桂川甫三《かつらがわほさん》と親しい平賀源内《ひらがげんない》は、杉田玄白《すぎたげんぱく》と中川淳庵《なかがわじゅんあん》をいっしょに連れていく許《ゆる》しをもらっていた。

玄白は、約束した日は休診《きゅうしん》にしたが、急病人があると対応《たいおう》しなければならない。少し早めに家を出た。

日本橋を北へわたると、須原屋《すはらや》という本屋がある。主人の市兵衛《いちべえ》は三十代半ばの元気な男で、新しいことが好きだった。平賀源内の本も出版《しゅっぱん》している。玄白もよく知

っているが、今日は店先に市兵衛《いちべえ》の姿《すがた》は見えなかった。

待ち合わせ場所の長崎屋《ながさきや》の前まで来たが、まだだれも到着《とうちゃく》していなかった。玄白は、すぐ先の鐘撞堂《かねつきどう》まで歩いた。江戸《えど》で最初にできた時刻《じこく》を知らせる時《とき》の鐘《かね》だ。玄白はそこで葉桜《はざくら》をながめながら時間をつぶした。

桂川甫三《かつらがわほさん》は、祖父の代から将軍家《しょうぐんけ》の医師《いし》をつとめ、父親が引退《いんたい》した今は、桂川家の当主である。甫三に対する長崎屋の対応《たいおう》は、身分の高い幕府《ばくふ》のさむらいに対するようだった。

玄白は長崎屋ではじめて甫三にあいさつしたが、わずか三つ上の三十六歳《さい》という若《わか》さが信じられないほどの風格《ふうかく》を感じた。一方で、昔から一流の学者や文化人ともすすんで交流していた家に育ったからだろう、玄白はもちろん淳庵《じゅんあん》に対しても、尊敬《そんけい》の態度《たいど》をしめした。

そこへいくと平賀源内《ひらがげんない》は、甫三に対しては友人のように、そして長崎屋に対しては自分の家のようにふるまうので玄白はおどろいた。

その源内は、オランダ人たちとの面会の中でも、みなの注目を集めた。

このとき長崎屋《ながさきや》に滞在《たいざい》していたのは、甲比丹《かぴたん》フレデリック・ウィレム・ウィネケ、外科《げか》医アントニイ・ファン・ニイウェンハイゼン、書記官ピーテル・アントニイ・ファン・バイステルフェルトそして大通詞《おおつうじ》（阿蘭陀《おらんだ》通詞の最上位）吉雄幸左衛門《よしおこうざえもん》である。

幸左衛門は、このとき四十二歳《さい》。二十五歳で大通詞になったほどの天才的なオランダ語通訳《つうやく》だが、それだけではない。オランダ人から直接《ちょくせつ》学んだ紅毛流《こうもうりゅう》外科医《げかい》でもあった。西洋の科学知識《ちしき》をたくさんもった人物だった。

源内《げんない》と何度か会ってその性格《せいかく》や好みを知っているからだろう、幸左衛門は、にやにやしながら、変わった道具を取りだした。

「源内さん。これ、なんだかわかりますか。オランダ語ではタルモメイトルといいます」

受けとった源内は、上から下から、裏返《うらがえ》してはまた表をと、なめるようにながめている。

それは、銅《どう》の板にガラスの管《くだ》が取りつけられた器械だった。管の中には赤い液体《えきたい》が入っていて、板には管にそって目盛《めも》りがきざんであった。

「オランダ語を知らなくても、その絵や実物を見るだけで、それがなんだかすぐわかると自慢《じまん》している源内《げんない》さんでもわかるまい。それは、ギヤマン（オランダ語のガラス）の中の薬水《やくすい》の上がり下がりで、暑さ寒さの程度《ていど》を知る器械（寒暖計《かんだんけい》のこと）で……」

すると源内は、幸左衛門《こうざえもん》がいいおわらないうちにしゃべりだした。

「いや、すぐにわかりました。理くつはかんたん。ギヤマンの中に入っている水は、暑さ寒さでのびたりちぢんだりする性質《せいしつ》があるものだ。ギヤマンは古くは南蛮人《なんばんじん》がビードロ（ポルトガル語のガラス）といって日本にもたらしたもの。長崎《ながさき》で見たポッペン（ガラスの弾力性《だんりょくせい》を使ったおもちゃ、息を吹《ふ》きこむとふくらんで音がする。もどるときにも音がする）をちょっと工夫すれば、かんたんにつくれる」

源内は胸《むね》をはっているが、玄白はまったく理解《りかい》できなかった。

しかし幸左衛門は、生意気《なまいき》な源内をこまらせてやろうと思ったのに当てがはずれたのだろう、くやしそうだった。甲比丹《かぴたん》が幸左衛門を横からつついている。源内がなにを話したのか知りたいようだ。

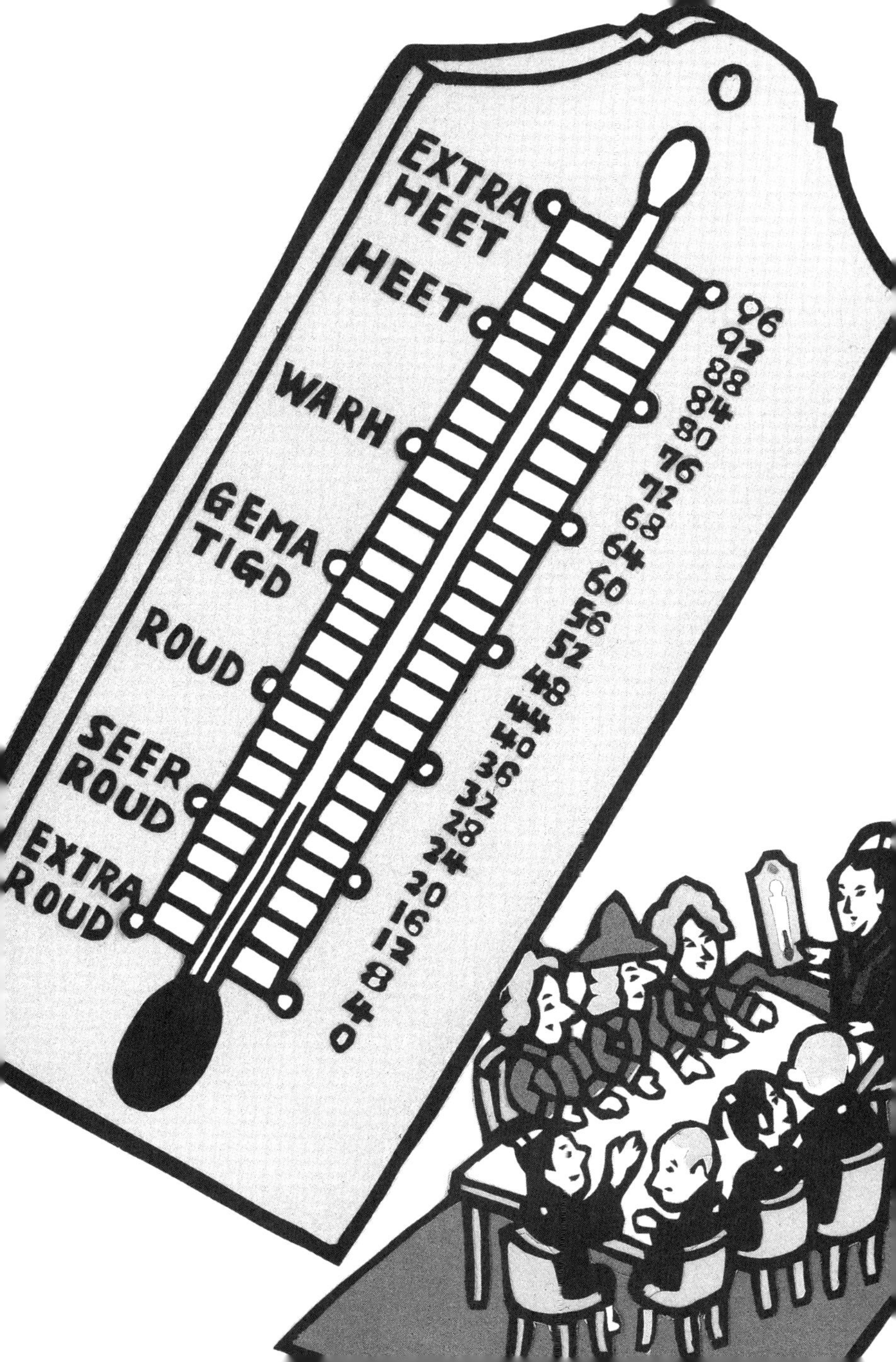

EXTRA HEET
HEET
WARM
GEMATIGD
KOUD
SEER KOUD
EXTRA KOUD
96
92
88
84
80
76
72
68
64
60
56
52
48
44
40
36
32
28
24
20
16
12
8
4
0

幸左衛門《こうざえもん》がオランダ語で通訳《つうやく》した。

しばらくして、甲比丹《かぴたん》と外科医《げかい》が同時に手を打ってうなずいたので、やはり源内《げんない》の説明が正しかったことがわかった。

「平賀先生《ひらがせんせい》の頭脳《ずのう》は日本の誇《ほこ》りだなあ」

甫三《ほさん》もつくづく感心しているようだ。

しかし、若《わか》い淳庵《じゅんあん》は、得意満面の源内にきついことをいった。

「ほんとうにそれと同じものをつくれますか」

源内は淳庵をじろりと横目でにらんだ。が、すぐににやりとしてうなずいて見せた。

じっさい源内は、三年後に寒熱昇降器《かんねつしょうこうき》と名づけた寒暖計《かんだんけい》をつくってみせたから、このときはほんとうに自信があったのだろう。


六月一日、玄白は正式に小浜藩《おばまはん》の奥医師《おくいし》に任命《にんめい》された。玄白は、町医者として経験《けいけん》を積むことが医療《いりょう》に役立つといって、今後も兼業《けんぎょう》していくことを許《ゆる》された。

玄白はいそがしくなったが、その年の暮《く》れに上屋敷《かみやしき》で中川淳庵とひさしぶりに会った。奥医師《おくいし》になった玄白はひとりだったが、淳庵《じゅんあん》はまた薬箱持ちとして父親の仙安《せんあん》にしたがっていた。

藩医《はんい》たちの控室《ひかえしつ》で、淳庵が玄白に近よってきてあいさつをしてからいった。

「相変わらず源内《げんない》さんはとびまわっていますよ。今もどこにいるのかわかりません」

「あの方は、ずばぬけていて、ふつうの人間ではありません。わたしのような凡人《ぼんじん》のお手本にはとてもなりません」

「同感ですね。でも、源内さんはオランダ語なんか読めなくてもいいとおっしゃっていましたが、やはりわたしは、しっかり学ぶ必要があると思います。先日、うちからそう遠くないので、木挽町《こびきちょう》にある桂川甫三《かつらがわほさん》先生のお屋敷《やしき》をはじめて訪《たず》ねました」

「なにかおもしろい発見がありましたか」

「オランダの本がたくさんありました。甫三先生でも読むのに苦労していて、できればオランダ語をしっかり学びたいとおっしゃっていました。玄白先生もそう思いませんか」

淳庵の前向きな考え方にはいつも感心するが、玄白はすぐ同意できなかった。奥医《おくい》師《し》となった自分は、これからますますいそがしくなる。オランダの医術書《いじゅつしょ》に書いてあることは知りたいが、オランダ語から学びはじめたのでは、それが役に立つまで、どれだけの年数がかかるかわからない。

玄白は返事をしなかったが、自分の考えをおしつけようとしない点も淳庵《じゅんあん》の長所だ。淳庵は、すぐべつの話題に切りかえてきた。

「甫三《ほさん》先生の息子《むすこ》さん、十五歳《さい》で甫周《ほしゅう》さんというのですが、すっかり仲よくなりました」

淳庵よりちょうどひと回り（十二）年下の弟ができたような喜び方だった。

それから淳庵は、よく玄白の家を訪《おとず》れるようになった。やはり、いっしょにオランダ語を学びたいと思っているのだろう。

その日も玄白は、明るい淳庵の顔がとつぜん現《あらわ》れる予感がしていた。

やっと最後の患者《かんじゃ》を送りだした。毎日のようにやってくる患者だ。診察《しんさつ》や治療《ちりょう》を受けることよりも、長々と嫁《よめ》や孫の話をするのが目的のようなおばあさんだった。

そこへ淳庵がやってきたので、疲《つか》れがいっきに吹《ふ》きとんだ。

おばあさんと違《ちが》い、若《わか》い淳庵《じゅんあん》の話は早い。

「甫三《ほさん》先生のところでは、本格的《ほんかくてき》にオランダ語も学びはじめるそうです」

「江戸《えど》によい先生がいるのですか」

「青木昆陽《あおきこんよう》先生ですよ」

八代将軍徳川吉宗《しょうぐんとくがわよしむね》からオランダ語を学ぶように命じられ、それを仕事にしている人である。さつまいもの栽培《さいばい》を広めた先生としても有名だった。

「いっしょに学ぶ人は多いほど心強いですから、甫三先生の長男甫周《ほしゅう》さん、そして昆陽先生の一番弟子の前野良沢《まえのりょうたく》先生も入ってくれます」

「前野良沢先生というのは？」

「豊前国《ぶぜんのくに》（現在《げんざい》の福岡県《ふくおかけん》）中津藩《なかつはん》の藩医です。この先生は真剣《しんけん》ですよ」

淳庵はすでに良沢にも会っていた。玄白より十歳《さい》上で、よくいえばきちんとした、悪くいえば気むずかしい印象の人だという。

「来年、オランダ人たちが来たら、長崎屋《ながさきや》へ行って、阿蘭陀通詞《おらんだつうじ》からオランダ語の学び方を教えてもらうつもりだ、といっていました」

「年齢《ねんれい》は四十三歳《さい》でしょう？　若《わか》い医者を教えてもいい年ごろの人が、オランダ語を一から学ぼうというのですか」

「はい。医術《いじゅつ》にかぎらず、本草学《ほんぞうがく》でもなんでも、紅毛流《こうもうりゅう》を学ぶためには、まずオランダ語をしっかり身につけなければならない。源内《げんない》さんとは正反対の考え方の人です」

玄白は、前野良沢《まえのりょうたく》に興味《きょうみ》をおぼえた。

「一度、良沢先生に会わせてくれませんか」

淳庵《じゅんあん》はまってましたとばかりに承知《しょうち》した。

年が明けて、桜《さくら》が咲《さ》くころになった。

オランダ人たちが江戸《えど》へやってきてすぐだった。前野良沢が前ぶれもなく訪《たず》ねてきた。

これまでに会ったのは一度だけだったが、良沢にとって玄白はもうオランダ語の勉強仲間だったのだろう。今から長崎屋《ながさきや》へ行きませんか、といった。

玄白は、長崎屋へ行く日は、淳庵が決めてくれるものと信じていた。どうしたらいいかまよったが、たまたまっている患者《かんじゃ》がひとりもいなかったので、表に「休《きゅう》診《しん》」の札を下げて出かけることにした。

するど、薬がなくなったといって、近所のおかみさんがかけこんできた。かんたんにできる薬だったので、すぐに調合してわたした。

「おまたせしました」

玄白は良沢《りょうたく》にあやまったが、こういう場合、良沢もとつぜんやってきたことをあやまるのが礼儀《れいぎ》である。しかし、良沢はだまって歩きだした。そして、急いで横にならんだ玄白の顔も見ずにいった。

「阿蘭陀通詞《おらんだつうじ》に会うだけなら、わたしひとりでも行けるのです」

やはり良沢はオランダ語を学ぶ相談に行くらしい。もしかすると、相手と会う約束をしてないかもしれない。そんな気がした。

「はあ、そうですか」

玄白は相づちを打ったが、平賀源内《ひらがげんない》とは違《ちが》った意味で、この前野良沢という人も変わった人だと思った。

玄白は歩きながら、堂々と長崎屋《ながさきや》でオランダ人たちと会える桂川甫三《かつらがわほさん》や、声をかけなかった淳庵《じゅんあん》のことが、やはり気になった。ほんとうに二人だけで出かけていいのだろうか。

長崎屋の周辺には人が多かった。通行人ではなく、ひょっとしてオランダ人が出てきたら見物できるのではないか、と期待してやってきた人たちだった。

今回同行してきた大通詞《おおつうじ》の西善三郎《にしぜんざぶろう》は、とつぜんの訪問《ほうもん》にもかかわらず、こころよく会ってくれた。かなりの年寄《としよ》りで、人生最後の江戸《えど》旅行を、なんでも楽しもうとしているようだった。ところが、良沢《りょうたく》が前置きなしに用件《ようけん》を話すと、きゅうに顔をしかめていった。

「あなたがたの年で、オランダ語を学びたいというのですか。本気ですか」

良沢にだけしゃべらせていると、善三郎をますます怒《おこ》らせてしまいそうなので、玄白は遠慮《えんりょ》がちにきいてみた。

「はずかしながら、わたしたちは、ほんとうにオランダ語のむずかしさを知らないのです。どのようにして阿蘭陀通詞《おらんだつうじ》になれたのか、少しだけでも教えていただけませんか」

それでは、わかりやすい例でお話ししましょう、と善三郎《ぜんざぶろう》はいった。

「たとえば、お酒などを飲むというのをオランダ語でなんというか、オランダ人にたずねる場合、手まねで、こうして飲むしぐさをすれば、やがてデリンキということばを教えてもらえます。それでは、お酒を好きとかきらいとかいう場合はどうでしょう。世の中には、お酒に弱いけれども飲むのは好きとか、いくらでも飲めるけれどもきらいという人がいます。こういった気持ちのようなものは、動作では表現《ひょうげん》がむずかしい。じつは、この好きということばは、アーンテレッケンといいます。向こうのものを引きよせるという意味のことばです。それが好きという意味だと知ったのは、阿蘭《おらん》陀通詞《だつうじ》の家に生まれ、毎日のようにオランダ人と接《せっ》しながら、五十歳《さい》をすぎてやっとのことでした」

善三郎の話しぶりには説得力があった。玄白は、オランダ語を学ぶのは想像《そうぞう》以上にたいへんだと思った。

ところが、良沢《りょうたく》は違《ちが》った。

「ということは、オランダ語の本を読んで理解《りかい》するためには、ひとつひとつのことばのもっている深い意味を知らなければならない」

とうぜんだろう、という顔でいうのである。

善三郎《ぜんざぶろう》は怒《いか》りをこらえながらいった。

「わたしは、何十年も阿蘭陀通詞《おらんだつうじ》をやってきましたが、あなたがたが読みたいオランダの医学書はほとんど読めませんし、オランダ語の手紙一本書けないのですぞ！」

現代《げんだい》のことばで説明すると、西善三郎は、オランダ語のふつうの会話はできるが、医学用語はもちろん、オランダ語の文法も知らないので、正確《せいかく》な翻訳《ほんやく》や作文ができないという意味である。いちおう善三郎の名誉《めいよ》のためにいうと、当時は、たとえばオランダ語の文法を知っている日本人などひとりもいなかった。

玄白は、大通詞《おおつうじ》の善三郎が、恥《はじ》をしのんでほんとうの話をしてくれたことに感動した。

善三郎を不機嫌《ふきげん》にさせたまま、玄白と良沢《りょうたく》は長崎屋《ながさきや》をあとにした。

夕焼けに染《そ》まる日本橋をわたりながら、玄白はいった。

「オランダの医学書は、阿蘭陀通詞《おらんだつうじ》でも理解《りかい》するのはむずかしいようですね」

「いや。そんなことはない。人間のことばを人間が理解できないはずはない」

玄白は、良沢《りょうたく》がなんといおうと、オランダ語を学ぶのはあきらめようと思った。

第八章　小塚原《こづかっぱら》での衝撃《しょうげき》

明和《めいわ》六年（一七六九）、玄白《げんぱく》は三十六歳《さい》になった。父の甫仙《ほせん》は七十九歳で、もうほとんど医者の仕事をしていない。たまに矢来屋敷《やらいやしき》を訪《たず》ねると、甫仙が孫の顔を見たがっていることに気づくが、ひとりになると、いそがしいのですぐに忘《わす》れてしまう。

桜《さくら》のつぼみがふくらんで、玄白はそわそわしだした。もうじきオランダ人たちが江《え》戸《ど》にやってくるからだ。今年はどんな新しい発見や楽しい経験《けいけん》ができるだろう。

長崎屋《ながさきや》で玄白の印象にのこったのは、今年もまた源内《げんない》だった。甲比丹《かぴたん》のヤン・カランスが、遊び半分で、オランダの智恵《ちえ》の輪《わ》を見せた。針金《はりがね》が立体的にからんだ不思議な形をしていた。だれも解《と》けそうになかったのに、最後に手にとった源内は、数回もちかえただけで、左右にひらいてするりと解いてみせたのである。

そのとき玄白は、はじめて桂川甫周《かつらがわほしゅう》と会った。上等な衣服に身をつつんだ十九歳《さい》の坊主姿《ぼうずすがた》は、気品があってかがやくようだったが、父の甫三《ほさん》と同様に、だれに対してもていねいな応対《おうたい》をする。そして、オランダ人に対する質問《しつもん》には、医者としての責任感《せきにんかん》があふれていた。

中川淳庵《なかがわじゅんあん》の質問に、これまでの本草学《ほんぞうがく》中心から医学中心に変わった。小浜藩《おばまはん》からはじめて三人扶持《ぶち》の稽古料《けいこりょう》（米で支給《しきゅう》された奨学金《しょうがくきん》のようなもの。家来《けらい》を三人養える量）があたえられ、父の後継者《こうけいしゃ》として認《みと》められていたからだ。

玄白と良沢《りょうたく》は、べつの日に、また二人だけで大通詞《おおつうじ》に面会した。今度はさそったのは玄白だ。

「ぜひ紅毛流外科術《こうもうりゅうげかじゅつ》を教えていただきたい」

相手は、紅毛流外科医でもある大通詞の吉雄幸左衛門《よしおこうざえもん》である。四年前に、タルモメイトルで恥《はじ》をかかされた源内《げんない》が同席していなかったせいか、幸左衛門は機嫌《きげん》がよかった。

「それでは、これを見てもらいながら、ご説明しましょう」

幸左衛門《こうざえもん》は一冊《さつ》の本を両手でもってきた。

「分厚《ぶあつ》い本ですね」

玄白は本の厚さにおどろいた。日本のふつうの本なら十冊分くらいの厚さである。

「ヘーステルのシュルゼイン、つまりヘーステルという医者が著《あらわ》した外科術《げかじゅつ》の本です」

幸左衛門は、折りたたんである挿絵《さしえ》のページをひらいて見せた。

「文章はわたしでもむずかしい。でも、絵なら見るだけで想像《そうぞう》できます」

「これはオランダの外科用の道具だな」

良沢《りょうたく》が顔を近づけて見つめた。やはり良沢も医者である。

「オランダ人にたずねると、おどろくような使い方をします。わたしはおそろしくてできません」

「やっぱり乱暴《らんぼう》なのだ」

玄白はかつて西玄哲《にしげんてつ》からきいた手術《しゅじゅつ》の絵を見つけた。三人の助手が患者《かんじゃ》を取りおさえ、医者が患者の腕《うで》にのこぎりを当てている。

残念ながら人間の体内の絵はあまりなかった。それでも玄白は、ヘーステルの本を手に取って、絵ばかりながめていた。

良沢《りょうたく》は独学《どくがく》で勉強をはじめたらしく、いくつかのオランダ語の意味を幸左衛門《こうざえもん》にきいた。幸左衛門は、オランダ語は音でも意味を伝えますといって、発音も教えてくれた。良沢はまじめな顔でまねしようとしたが、うまくできなくて考えこんでしまった。

帰るとき、玄白が名残《なごり》おしそうにしていたからだろう、幸左衛門が笑顔でいった。

「その本、お貸《か》ししましょう」

「いいのですか」

「わたしたちが江戸《えど》を出発するまでに返してくだされば、けっこうです」

その夜、玄白はおそくまでヘーステルの外科書の絵をながめていた。翌日《よくじつ》から、気になった絵をいっしょうけんめいにうつした。しかし、精密《せいみつ》に描《か》かれた絵はうまくうつせなかった。

三日後、玄白は良沢とふたたび長崎屋《ながさきや》を訪《おとず》れ、外科医《げかい》ヘンドリック・ヘールリングによる手術《しゅじゅつ》を見学した。幸左衛門《こうざえもん》が二人をよんでくれたのだ。

ヘンドリックは、ヘーステルの本にあった外科《げか》用《よう》の道具をならべ、説明しながら手術をした。患者《かんじゃ》は男の日本人で、男の舌《した》にできた腫《は》れ物《もの》に、ヘンドリックはためらうことなく針《はり》をさし、とびだした血と膿《うみ》を器《うつわ》で受けてみせた。玄白も良沢《りょうたく》も、おどろきでしばらく声が出なかった。

ひと月くらいして、良沢がやってきた。

良沢はひどく思いつめた顔をしていた。

「藩主《はんしゅ》にお願いして、どうしても長崎《ながさき》へ行こうと思っています」

今年の長崎屋での経験《けいけん》が、良沢に強烈《きょうれつ》な印象をのこした証拠《しょうこ》だった。

初秋のけはいが江戸《えど》にしのびよってきたころ、良沢は藩主奥平昌鹿《はんしゅおくだいらまさか》に同行して中津《なかつ》へ向かった。中津まで行けば、長崎までは三日もあれば行ける。

じっさい良沢は、翌年《よくねん》にかけて長崎に滞在《たいざい》してオランダ語を学び、中津によって江戸に帰ってくるのは一年後である。

良沢が江戸を出発する前、玄白の父甫仙《ほせん》は体調をくずした。夏の暑さでさらに甫仙の衰弱《すいじゃく》が進んだ。玄白はなるべく矢来屋敷《やらいやしき》に出かけ、十六歳《さい》になった妹の紗江《さえ》や、きよが死んだあとやとった奉公人《ほうこうにん》らと看病《かんびょう》につとめた。

甫仙《ほせん》は眠《ねむ》っていることが多く、たまに目をあけて玄白がそこにいることに気づいても、なにもしゃべらなかった。

九月十日の底冷えのする朝、甫仙は死んだ。七十九歳だった。

長安寺《ちょうあんじ》で四十九日《しじゅうくにち》の法要を終えてすぐ、玄白は杉田《すぎた》家を正式に継《つ》いで、三十人扶持《ぶち》を受けた。藩《はん》の命令で玄白は、紗江と奉公人らを連れて、大川（隅田川《すみだがわ》）にかかる新大橋《しんおおはし》の西側、浜町《はまちょう》にある小浜藩中屋敷《おばまはんなかやしき》（主に藩主以外の家族が生活している）に引《ひ》っ越《こ》した。こうなると、もう町医者を兼《か》ねることはむずかしい。

年が明け、中川淳庵《なかがわじゅんあん》も正式に家督《かとく》を相続し、藩医として多忙《たぼう》になった。

行動的な源内《げんない》は、冬の訪《おとず》れとともに二度目の長崎《ながさき》へ旅立った、といううわさがきこえてきた。

運命の明和《めいわ》八年（一七七一）になった。

オランダ人が長崎屋《ながさきや》へ来ていることは知っていたが、玄白は多忙《たぼう》でまだ訪問《ほうもん》していなかった。二月ものこり少なくなった日、中屋敷《なかやしき》内にある玄白の家に、淳庵《じゅんあん》がとびこんできた。

「玄白先生。これを見てください」

淳庵が目の前においたのは、まぎれもないオランダの医学書だった。しかも二冊《さつ》。そのうちの一冊には、巻末《かんまつ》に絵がたくさん描《か》かれてあった。人間の内臓《ないぞう》だけではない、骨格《こっかく》や目や耳といった部分まで、鳥肌《とりはだ》が立つほど細かく描写《びょうしゃ》されていた。

顔を上げると、目の前に淳庵の笑顔があった。

「どうして、これを?」

「長崎屋で借りてきました。持ち主の名はいえませんが、売ってもいいそうです」

「ほんとうですか」

淳庵は大きくうなずいた。

玄白は、ほしいといったあとすぐ、絵に目を向けて、見たいとつぶやいた。

「見ているじゃありませんか」

「そうではない。実物です。今わたしは、山脇東洋《やまわきとうよう》先生の気持ちがほんとうにわかった気がします。オランダの医学書を見て、そのあまりの迫力《はくりょく》に、実物と比べたくなった気持ちを」

じつは、玄白は年が明けてすぐ、北町奉行所《きたまちぶぎょうしょ》へ腑分《ふわ》けに立ち会って内臓《ないぞう》を観察したいという願いを出していた。

山脇東洋の観臓から十七年、同じ行為《こうい》が各地でなされていたこと、そして、現在《げんざい》の北町奉行曲淵甲斐守《まがりぶちかいのかみ》がきわめて優秀《ゆうしゅう》なことから、玄白は勇気を出して申請《しんせい》したのだ。とはいえ、それが通るかどうかはわからない。今はまずこの医学書を手に入れることだ。

ところが、淳庵《じゅんあん》にきくと、とても玄白が購入《こうにゅう》できる金額《きんがく》ではなかった。二冊《さつ》でなく一冊だけでも、淳庵とお金を出しあっても無理な金額だった。

二人はしばらく頭をかかえた。まよっている時間はなかった。そして、たどりついた結論《けつろん》は同じだった。

「お殿《との》さまにお願いしてみましょう」

小浜藩《おばまはん》の現在《げんざい》の藩主《はんしゅ》は第九代酒井忠貫《さかいただつら》である。二十歳《さい》の忠貫は、家臣らといっしょに勉強するほど学問好きだった。伯父《おじ》にあたる七代藩主忠用《はんしゅただもち》と同様に、決断力《けつだんりょく》にもすぐれていた。

忠貫は、家来たちの意見をきくと、高価《こうか》だけれども小浜藩だけでなく世の中の役に立つ本だとすぐ理解《りかい》した。

信じられないことに、三日後には、二冊《さつ》のうちの一冊、希望していたクルムスの『ターヘルアナトミア』が玄白のものになった。三百ページもある、ずしりと重い本だ。

そして、三月三日の夕方、もっと信じられないことが起きた。

オランダ人外科医《げかい》への質問《しつもん》を終えた玄白が、長崎屋《ながさきや》を出ようとしているところへ、北町奉行所《きたまちぶぎょうしょ》の使いがやってきた。

「小浜藩医杉田《すぎた》玄白先生ですね」

「さようですが」と答えると、使いの者は、曲淵甲斐守《まがりぶちかいのかみ》さまから長崎屋へもっていくようにいわれた、と手紙を差しだした。

玄白はもしかしてと思いながら開封《かいふう》した。

〈明朝、小塚原《こづかっぱら》で腑分《ふわ》けあり。観臓《かんぞう》のお望みあらば、そこへ来られたし〉

小塚原は江戸《えど》の北のはずれで刑場《けいじょう》がある。罪人《ざいにん》の処刑《しょけい》と腑分けがあるから、見に来てもよいという意味だった。

『ターヘルアナトミア』を入手してすぐ、人間の内臓が見られるとは、なんという幸運だろう、と玄白は思った。

しかしすぐに、このまたとない機会をひとりじめするべきでないと考えた。真っ先に頭にうかんだのは中川淳庵《なかがわじゅんあん》の顔だった。『ターヘルアナトミア』を手に入れるきっかけをつくってくれたのは淳庵だ。淳庵はぜったいさそわなければならない。

たまたま今日は、奉公人《ほうこうにん》を連れてきていたので、小雨が降《ふ》っていたが、中川淳庵の鉄砲洲《てっぽうず》の屋敷《やしき》へ知らせにいくようにいいつけた。

(さあ、あとだれに知らせようか)

知り合いの医者の顔が次々にうかんだが、中でもいちばん気むずかしい顔がどうしても玄白の頭からはなれない。前野良沢《まえのりょうたく》だ。昨年の夏には、江戸に帰ってきているはずだ。しかし、今日までなんの連絡《れんらく》もない。

(生きているのか、死んでいるのか、それすらわからない人だが……)

しかし、玄白より十歳《さい》も年長でありながら、良沢《りょうたく》は、阿蘭陀通詞《おらんだつうじ》にオランダ語を教えてくれとおおまじめにたのんだ。さらに、長崎《ながさき》でオランダ語を学びたいと藩主《はんしゅ》に願って、ほんとうに長崎まで行った。オランダの医学を勉強するためには、良沢のような人は、さがしてもおいそれとは見つからない。

良沢の家は、鉄砲洲《てっぽうず》の南、中津藩中屋敷《なかつはんなかやしき》にある。淳庵《じゅんあん》の屋敷よりもっと遠い。

(ほかの医者は、これから自分が行けばいい)

玄白は周囲を見まわした。

近くの町木戸《まちきど》のそばに、辻駕籠《つじかご》と雨宿りをしている人足《にんそく》の姿《すがた》が目にとまった。

かけよった玄白は、事情《じじょう》を話し、その場でかんたんな手紙を書いてわたした。

「前野《まえの》良沢先生におわたしくださいといって、中津藩中屋敷の門番にあずけるだけでいい」

もちにげされる心配もあったが、じゅうぶんすぎる金銭《きんせん》を手間賃《てまちん》として支払《しはら》った。

(とどいたとしても、来てくれるかなあ)

遠ざかっていく空《から》の辻駕籠《つじかご》を、玄白は、雨にぬれながら見送った。


翌朝《よくあさ》も小雨が降《ふ》っていた。

町奉行所《まちぶぎょうしょ》から指定された山谷町《さんやちょう》のはずれにある茶屋《ちゃや》に入ってみると、十人近い人たちがすでに集まっていた。その中に人なつこい淳庵《じゅんあん》の顔があったので、玄白はほっとした。

よく見ると、前野良沢《まえのりょうたく》も来ていた。

玄白は笑顔で近づいていったが、良沢は相変わらずの気むずかしい顔つきだった。

それでも今回は、さそってくれたことに対する感謝《かんしゃ》のことばがあった。

つづけて良沢は、ふところから分厚《ぶあつ》い本を取りだした。

「昨年、長崎《ながさき》で購入《こうにゅう》しました」

なんと『ターヘルアナトミア』だった。

玄白も自分の『ターヘルアナトミア』を風呂敷《ふろしき》につつんでもってきていたが、良《りょう》沢《たく》が中をひらいて絵の説明をはじめたので、取りだすきっかけがなかった。

「長崎《ながさき》でオランダ語の発音も習ったので、ご披露《ひろう》しよう。これはロングといって肺《はい》、これはハルトといって心《しん》（臓《ぞう》）、マーグというのは胃、ミルトというのは脾《ひ》（臓《ぞう》）のことだ」

良沢《りょうたく》がすらすら説明するので、ほかの人たちも集まってきた。

中をのぞいて、感想を述《の》べる人もいた。

「五臓六腑説《ごぞうろっぷせつ》では、肺は六葉両耳《ろくようりょうじ》といって八枚《まい》の葉っぱの形をしているが、それとはまるで違《ちが》いますな」

表情《ひょうじょう》からは、その絵をうたがっているようだ。

どれどれ、とのぞきこむ人がふえて、一冊《さつ》では不便になってきたので、やっと玄白は風呂敷《ふろしき》を解《と》いて『ターヘルアナトミア』を取りだすことができた。

まったく同じ本が二冊になったので、おどろきの声が茶屋の中で上がった。

しばらくして、まだ小雨が降《ふ》る中、全員が刑場《けいじょう》へ案内された。観臓《かんぞう》を目的にやってきた人の数は、十人をこえていた。

案内された小屋では、すでに腑分《ふわ》けの準備《じゅんび》がととのっていた。処刑《しょけい》されたのは、青茶婆《あおちゃばば》とよばれる、大罪《たいざい》をおかした五十歳《さい》すぎの女だった。衣服はすべてはぎとられ、上向きに寝《ね》かされていた。首から上はなかった。

数種類《すうしゅるい》の鋭利《えいり》な刃物《はもの》をならべて立っていたのは、九十歳だという老人だった。急病になった孫の代わりだといっていたが、胸《むね》をはって堂々としていた。日ごろ差別されている人とは思えなかった。

老人は、なれた手つきで女の胸を中央から切りひらいた。そして、中から内臓《ないぞう》をひとつひとつ取りだしては、これはきもだ、これは腎《じん》だと説明した。

見学者は、まばたきする時間もおしむかのように、息をこらして老人の手もとと床《ゆか》にならべられていく内臓を見つめつづけた。だれも質問《しつもん》するよゆうがなく、時間がどんどんすぎていった。

「これは名前を知らないが、腹《はら》の中にかならずあるものだ」

老人は気味の悪い色をした丸い内臓をつまみあげた。

それの名前を知っている者はいなかった。

「次のこれは大きいぞ……」

われに返った玄白が、手にしていた『ターヘルアナトミア』をひらいた。

「今、取りだしたのは肝《かん》（臓《ぞう》）でしょうか」

玄白が良沢《りょうたく》にささやくと、良沢は大きく息をすって、レーブル（肝臓）ですと答えた。

「五臓六腑説《ごぞうろっぷせつ》では、左三葉右四葉合《ひだりさんようみぎしよう》わせて七葉《しちよう》となっていますが、まるっきり形が違《ちが》う」

玄白がため息をつくようにいうと、淳庵《じゅんあん》がつぶやいた。

「でも、その肝は『ターヘルアナトミア』のこの絵とそっくりじゃないですか」

腑分《ふわ》けはこれでおしまいといってから、老人がつけくわえた。

「これまで何度かお医者さまに人のはらわた（内臓）を取りだしてみせたが、不思議なものを見るような顔で、だれもこれはなんだ？　それはなんだ？　とたずねる人はいなかった。今日も同じだった」

それをきいて、玄白は医者としてはずかしかった。しかし、『ターヘルアナトミア』の正確《せいかく》さはもう間違《まちが》いないと確信《かくしん》できた。

小屋から出ると、いつのまにか雨が上がっていた。玄白、良沢《りょうたく》、淳庵《じゅんあん》の三人は、すぐその場を立ち去らなかった。小塚原《こづかっぱら》には処刑《しょけい》された者の骨《ほね》もたくさんころがっている。それらと『ターヘルアナトミア』の骨格《こっかく》の絵とを比べてみた。おどろくほどそっくりだった。

最初まちあわせた茶屋にもどった三人は、ようやく落ちつきを取りもどした。

玄白は『ターヘルアナトミア』の役立て方はこれしかないと思って提案《ていあん》した。

「『ターヘルアナトミア』を訳《やく》しましょう」

これだけ絵が正確なら、書いてある内容《ないよう》も正しいに違いない。これまでの漢方《かんぽう》医学の間違いを正せば、多くの患者《かんじゃ》の診察《しんさつ》や治療《ちりょう》に役立つはずだ。だから、日本語にして出版《しゅっぱん》したい、と玄白はいった。

「やりましょう。ちょうどわたしも、その本の中身を知りたくなっていたところです」

前向きな淳庵が同調することは、玄白は予想していた。しかし、良沢がどんな反応《はんのう》をしめすか、わからなかった。

「良沢《りょうたく》先生は、いかがですか」

「のぞむところです。これまでなにかしっかりしたオランダの本を訳《やく》したいと思っていたが、仲間がいるのは心強い」

気むずかしい良沢がすぐ賛成してくれるとは思わなかった。

「善《ぜん》は急げ、と申す。どうです、明日からわたしの屋敷《やしき》ではじめませんか」

さらに良沢のことばをきいて、玄白はとびあがりたいほどうれしかった。

第九章　気が遠くなる作業

その日、早く目がさめた玄白《げんぱく》は、鉄砲洲《てっぽうず》の淳庵《じゅんあん》の家によっていくことにした。良沢《りょうたく》の家がある中津藩中屋敷《なかつはんなかやしき》は、その先だ。

淳庵はまだ朝食中だったが、準備《じゅんび》を急がせた。出発してしばらく歩くと、風に海のにおいがまじってきた。このあたりは築地《つきじ》といって、海を埋《う》めたててできた土地である。

良沢は作業をいつでもはじめられるようにしてまっていた。妻子《さいし》を遠ざけていて、じゃまはさせないといった。

三人とも、まるで戦いに向かう武者《むしゃ》のように、気が高ぶっていた。

ところが、玄白と淳庵は、まもなく夢《ゆめ》からさめたような気分になった。

「お二人は、アー・ベー・セー・デー（オランダ語のアルファベットでA・B・C・Dのこと）ぐらいは、もちろんご存《ぞん》じでしょうな？」

『ターヘルアナトミア』を前にした、良沢《りょうたく》の最初のひと言が、この問いかけだった。

二人は顔を見あわせてから、玄白がおそるおそる答えた。

「いいえ」

淳庵《じゅんあん》は、それくらいなら、とつづけたが、蚊《か》の鳴くような声だった。

それをきいた良沢は、いつものように気むずかしい顔のままで、怒《おこ》っているのか、がっかりしているのか、まったくわからなかった。

良沢は、長崎《ながさき》で入手した本と学んできたことを、たんたんと語りだした。

玄白は良沢が次々に見せるオランダの本に圧倒《あっとう》された。良沢は、『ターヘルアナトミア』以外にも医学書を購入《こうにゅう》していたし、真剣《しんけん》に外国のことばを学ぶためだろう、『蘭仏辞典《らんふつじてん》』（オランダ語をフランス語で説明した本）、『蘭羅辞典《らんらじてん》』（オランダ語をラテン語で説明した本）などの辞書ももっていた。

最後に良沢は、手づくりの帳面を玄白と淳庵の前においた。

「これは、長崎《ながさき》で吉雄幸左衛門《よしおこうざえもん》どのから教えてもらったオランダ語の、発音と意味を、自分で整理したものです」

「すごい」

手に取って、ざっと三百の単語がならんでいるのを見た玄白は、感嘆《かんたん》の声を上げた。

横からのぞいた淳庵《じゅんあん》もため息をついている。

「あともう少し記憶《きおく》していることがありますが、頼《たよ》りにはならないでしょう」

もっと自慢《じまん》してもいいのに、と玄白は思うが、良沢《りょうたく》はほんとうにたいしたことではない、と思っているようだ。

ふたたび、玄白は勇気を出していった。

「とにかく、わたしたちは、これからどうしたらいいか、まるで見当がつきません。大海原《おおうなばら》に出ていく小さな船に乗るような気持ちです。前野《まえの》先生にぜひ船頭《せんどう》になっていただきたい。なんでもおっしゃるとおりにします」

淳庵も大きくうなずいている。というより、良沢にぺこぺこ頭を下げている。

「しかたがありません。最年長ということもありますから、お引きうけしましょう」

玄白は淳庵《じゅんあん》と顔を見あわせてほっとした。

「それでは、まず、日本語のいろはにあたるアー・ベー・セー・デーからおぼえてもらいましょうか」

こうして、一日かけて、玄白と淳庵は、良沢《りょうたく》がつくった単語帳を、ひとりでも勉強できるようになった。はげしい運動をしたわけでもないのに、ぐったりするほどつかれた。

「最初のころと比べて、だいぶオランダ語に目がなれた気がしませんか。その目で、あらためて『ターヘルアナトミア』をひらいて見てください。どうです。意味がわかりますか」

良沢の問いかけに、これだけがんばったのだから少しはわかるだろうと、玄白は期待してひらいてみたが、びっしりとならんだオランダ文字の中に、どんなに目をこらしても今日おぼえた単語はひとつも見つからなかった。

「今、お二人がどのようなお気持ちか、わたしにはよくわかります。なぜなら、わたしもお二人とほとんど同じ状態《じょうたい》なのです」

「まさか……」

「冗談《じょうだん》でしょ？」

淳庵《じゅんあん》は笑いかけてすぐ真顔《まがお》になった。

「ほんとうです。教えられることはほとんど教えました。これからは三人で、そこにある単語をひとつひとつ調べ、なにが書いてあるのか理解《りかい》し、正確《せいかく》に訳《やく》していくのです」

「軽々しく日本語に訳そうといったわたしがおろかだったことは、これでいたいほどよくわかりました。でも、腑分《ふわ》けを見て受けた衝撃《しょうげき》を、正しい医学知識《ちしき》に変え、多くの医者に伝えたい。そのためには、やはりこの本を訳すのがいちばんです。どんなに苦しくても最後までやる覚悟《かくご》です。困難《こんなん》な航海になるでしょうが、わたしたちの船頭としておみちびきください」

疲《つか》れも忘《わす》れて、玄白は良沢《りょうたく》に頭を下げた。

すると、良沢は新たな提案《ていあん》をした。

「この本をすべて訳すのは一生かかってもできないでしょう。しかし、本の最後に人体の絵がたくさんあります。その中でも、とくに、手や足、目や耳といった体の部分の意味は明らかですから、それらを説明している文章から取りくんでみましょう」

「さすが船頭ですね。少し前途《ぜんと》が明るくなった気がします」

淳庵《じゅんあん》がいうと、玄白も勇気が出てきた。

良沢《りょうたく》がはじめて表情《ひょうじょう》をやわらげた。

「今日は、ここまでにしましょう」

これが翻訳《ほんやく》の会合の第一回目だった。


数日おいて、第二回目の会合をした。

このときも、玄白と淳庵は、やる気まんまんで良沢の家にやってきた。『ターヘルアナトミア』は二冊《さつ》あるので、二人は大きな机《つくえ》の真ん中に自分たちの本をおき、訳を書くための紙と筆や硯《すずり》は二組、その左右にならべた。

「最初の三十枚《まい》ほどは序文《じょぶん》のようです。次に、本文がどういう順番で書かれてあるか（目次）が二枚。これで見ると、全部で二十八章です」

二人は、良沢《りょうたく》の説明を、自分たちの『ターヘルアナトミア』で確認《かくにん》しながらきいた。

「さて、巻末《かんまつ》の絵の説明ですが、体の部分に数字がついています。数字はこの間、教えましたね。その数字を本文の中からさがしました。何か所もありましたが、どうやらここらしい」

良沢がしめしたのは、二十ページと二十一ページだった。たしかに絵についている数字がならんでいた。玄白は胸《むね》がどきどきしてきた。いよいよオランダ語を訳《やく》すときがやってきたからだ。しかし、次の良沢のことばをきいて、頭が混乱《こんらん》してきた。

「文章の最初は、かたむいたアルファベットで書いてありますが、これはオランダ語ではなくラテン語です。ラテン語まで訳す必要はないが、知っておくと便利です。なぜかというと、巻末の絵の前に単語とそれが出ている場所が一覧《いちらん》になっています（索《さく》引《いん》のこと）。その単語がラテン語なのです」

「どうして知っておくと便利なのですか」

淳庵《じゅんあん》が質問《しつもん》した。

「文章を訳《やく》すとき、そこでわからなくても、同じ単語が使われているほかの場所の文章を見れば、それが参考になるからです」

なるほど、と玄白も思ったが、良沢《りょうたく》の次の説明をきいて、これからの作業がどれだけむずかしいか想像《そうぞう》もつかなくなった。

「だから、この『蘭羅辞典《らんらじてん》』が役に立つかもしれませんし、同じ単語が出ている『ターヘルアナトミア』のすべての文章を見てもわからないときは、『蘭仏辞典《らんふつじてん》』を見ることになります。つまり、フランス語でたしかめるのです」

「オランダ語を訳すために、ラテン語やフランス語も使うのですか」

淳庵《じゅんあん》の問いに、良沢はそうですと答えた。

これはたいへんなことになったぞ、ほんとうに小船で大海原《おおうなばら》へこぎだすようなものだ、と玄白は思った。

じっさい、体の部分を説明しているはずの、短い文章でさえ、訳すのはとてもたいへんだった。

六という数字がついたヌース（鼻）の説明は、二十一ページのほかに百二十ページにもあったが、その中のフルヘッヘンド（正しくはフェルヘーヴェネ、またはフォーアウトステーケンド）の意味が、ほかのページを見てもわからない。

ついに良沢《りょうたく》は、『蘭仏辞典《らんふつじてん》』をひらいて、フランス語と格闘《かくとう》をはじめた。

玄白も淳庵《じゅんあん》も、その時点で、ほとんどあきらめているが、良沢はけっしてあきらめない。根気強さはなみはずれている。意味を理解《りかい》するきっかけを、どんなことでも見のがすまいと、目を皿のようにしてさがす。その良沢の作業をじっとながめているのもつらいことだった。

とうとう良沢は、フルヘッヘンドを説明するフランス語の文章の意味が、なんとなくわかったらしい。

「ここにある例文は、木の枝《えだ》を切るとその跡《あと》がフルヘッヘンドする。こちらの例文は、庭を掃除《そうじ》するとゴミが集まってフルヘッヘンドする、と書いてあるようです」

こうなったら玄白の出番だ。子どものころから動物や植物が大好きで活動的だったから、想像力《そうぞうりょく》には自信がある。

「木の枝を切ると、そのままではありません。時間がたつと盛《も》り上がってきます。ゴミを集めると山になります。つまりうず高くなりますから、フルヘッヘンドというのはうず高しという意味ではないでしょうか」

つづけて、淳庵《じゅんあん》がいった。

「そうなると、『ターヘルアナトミア』にあるこの説明は、鼻は顔の中心にあって盛《も》り上がっている、ということですか」

そうだそうだ、ということで三人は顔を見あわせて笑った。

こういうことを何か月もつづけて、やっと『ターヘルアナトミア』の人体の前とうしろの絵の説明が、のちの『解体新書《かいたいしんしょ》』「形体名目篇《けいたいみょうもくへん》」になったのである。

月に六、七回集まっておこなう翻訳《ほんやく》の会合は、うわさになり、仲間に入れてほしいという人がやってくるようになった。はじめは参加者がふえていったが、いろいろな理由でやめていき、長くつづいた人は少なかった。

〈三人よれば文殊《もんじゅ》の知恵《ちえ》〉というが、この仕事は、人が多ければはかどるものではない。とくに良沢《りょうたく》が正確《せいかく》な訳を求めて執念《しゅうねん》を燃《も》やしだすと、たえられない人がほとんどだった。

もちろん良沢《りょうたく》がお手上げの単語もあった。玄白がたくましい想像力《そうぞうりょく》を発揮《はっき》して意味を推定《すいてい》しても、納得《なっとく》できるまで調べようとする。

しかし、たったひとつの単語の意味がわからないために、その先へ進めないのは、目的の港が見えているのに、船を沖合《おきあ》いで泊《と》めているようなものだった。

こういうときどうすればいいか、三人で相談《そうだん》した。そして、思いついたのが轡十《くつわじゅう》文字《もんじ》（丸の中に十がある記号）だった。みなで利用している単語帳に、轡十文字をつけた単語を書いておき、忘《わす》れずにあとで解決《かいけつ》しようと決めたのである。

ほんとうにあとでその意味がわかったときなど、すぐわかったとき以上にうれしかった。

また、医学用語を日本語にするときも苦労した。これには規則《きそく》をつくって統一《とういつ》することにした。

最初から当てはまる漢字のことばがあればそれを用い、翻訳《ほんやく》（現代《げんだい》なら直訳のこと）とよんだ。たとえば、ベンデレンは骨《ほね》と訳した。

意味がわかれば新しい日本語をつくることができ、義訳《ぎやく》とよんだ。カラカベンはやわらかい骨《ほね》という意味だったので、軟骨《なんこつ》と訳《やく》した。

翻訳《ほんやく》も義訳もできないときは、オランダ語の発音を利用して名前をつけた。それを直訳とよんだ。キリイル（現在《げんざい》では腺《せん》と訳されている）がその例である。キリイルは重要な単語で、『解体新書《かいたいしんしょ》』にたくさん出てくる。

こういったことを一年近くもつづけていると、知った単語がふえてくる。ばらばらでも、それらを集めて、文章をつくることができる。玄白はそれが得意で、意味がわかれば細かい疑問点《ぎもんてん》は気にならないから、そこで終わりにして、先へ進みたかった。

ところが良沢《りょうたく》は、作業の進め方を変えない。最初に『ターヘルアナトミア』の訳す部分を声に出して読みあげる。それを玄白や淳庵《じゅんあん》にカタカナで書きとらせるのだ。

「オランダ語は、日本語と違《ちが》って文字だけでなく音を通じて意味を伝える言語です」

吉雄幸左衛門《よしおこうざえもん》からそう学んだからだ。

すべての単語の意味がわかっても、良沢はじっと考えこんでいることがある。

「オランダ語も、漢文《かんぶん》（つまり中国語）と同じで、文の終わりから訳さないと日本語にならないことが多い」

長い年月の研究と経験《けいけん》から、漢文は返《かえ》り点《てん》（読む順序《じゅんじょ》をしめす符号《ふごう》）をつけて読めるようになったが、オランダ語にはその知識《ちしき》がまだなかった。現代《げんだい》のことばでいえば、オランダ語の文法がまだわかっていなかった。

良沢《りょうたく》は、それも知りたがった。

そんな良沢の気持ちがわからないでもなかったが、玄白は、帰宅《きたく》すると、その日理解《りかい》できたことだけでも、かならず草稿《そうこう》（原稿の下書き）にしておいた。早く日本語訳《やく》を完成させて出版《しゅっぱん》したかったからだ。

翻訳《ほんやく》の会合には、早い段階《だんかい》から桂川甫周《かつらがわほしゅう》がくわわっていた。家が同じ築地《つきじ》の木挽町《こびきちょう》にあり、とても近い。二十代前半と若《わか》いこともあって、のみこみが早く、良沢から見れば優等生《ゆうとうせい》である。そして、淳庵《じゅんあん》のように性格《せいかく》が明るい。甫周は、ときどき気まずい雰囲気《ふんいき》をやわらげる発言をして助けてくれた。

その日も良沢が立ち止まってしまったので、玄白はいらいらしていた。

「わたしは体が弱くていつ死ぬかわかりません。早く完成させないと、死んで草葉《くさば》の蔭《かげ》からみなさんの作業を見まもることになります」

明らかにこれは、良沢《りょうたく》に対する玄白の文句だった。

良沢がきっと顔を上げて、玄白をにらんだ。

それを見た甫周《ほしゅう》がすかさずいった。

「杉田《すぎた》先生はすぐ体が弱いとかもうすぐ死ぬとかおっしゃいますが、当分死にませんよ。幕府《ばくふ》の奥医師《おくいし》であるわたしがいうのだから、間違《まちが》いはありません」

甫周はおおげさに胸《むね》をはっていったが、顔は笑っている。冗談《じょうだん》だが、だれも笑えないし反論《はんろん》もできない。名門桂川家《かつらがわけ》の長男と藩医《はんい》では、身分が違うのだ。

良沢は苦笑しながら、次の文章へ行きましょうといった。

その後も、玄白が死ぬ前に完成させたいというたびに、甫周は「また草葉《くさば》の蔭《かげ》がはじまった」といってみなを笑わせた。

翻訳《ほんやく》の会合がはじまって二年近くがすぎたころ、ひさしぶりに源内《げんない》が江戸《えど》に現《あらわ》れた。

わざわざ良沢の家までやってきたが、『ターヘルアナトミア』を訳しているといううわさをきいたからではなかった。
「これはエレキテルといって、電気を起こして病人を治療《ちりょう》する道具だ。こわれてい
て、オランダ人も直せないものだから、長崎《ながさき》でもらってきた。今ちょっといそがしい
が、近いうちに使えるようにしてみせる」
みなの作業を半日も中断《ちゅうだん》させて、源内《げんない》は去った。まるで嵐《あらし》が吹《ふ》きぬけていったよ
うだった。
翻訳《ほんやく》の会合は、数日おきにくりかえされた。集まりがない日も、良沢《りょうたく》が『ターへ
ルアナトミア』に取りくんでいるのは明らかだった。藩医《はんい》の仕事がおろそかになって
いる、と周囲から批判《ひはん》されていた。
その変人のような良沢をかばっていたのは、中津藩主《なかつはんしゅ》の奥平昌鹿《おくだいらまさか》だった。昌鹿は
良沢の才能《さいのう》を愛し、良沢の悪口をいう者がいると、
「良沢は阿蘭陀人《おらんだじん》の化《ば》け物《もの》だからしかたない」
といって笑いとばしていた。
あとでこの話をきいた良沢は感激《かんげき》し、昌鹿のいった阿蘭陀人の化け物ということば

をちぢめ、自ら「蘭化《らんか》」と名のるようになった。

翻訳《ほんやく》をはじめた次の明和《めいわ》九年（一七七二）は、江戸《えど》の大火をはじめ全国で火山の噴《ふん》火《か》やはやり病、暴風《ぼうふう》雨などがあいつぎ、大きな被害《ひがい》が出た。明和九《めいわく》が迷惑《めいわく》と語呂《ごろ》が同じだというので、十一月十六日に安永《あんえい》に改元されたくらいである。

そういったさわがしい状況《じょうきょう》の中でも、地道に会合をつづけたおかげで、玄白が書きためてきた草稿《そうこう》は、かなりの量になっていた。

「わたしたちの作業はかなり進んできました。この調子なら、来年には出版《しゅっぱん》できると思うのですが……」

その日、会合がはじまる前に玄白がいうと、意外にも良沢《りょうたく》からすぐ反対された。

「これまでは、なんとなく内容《ないよう》を理解《りかい》しただけで、しっかり訳せているとはいえません。出版などとうてい考えられません」

「だまっていましたが、わたしは毎回理解した内容を草稿にまとめてきました。医者が読めばすぐわかるように書いてあります。それでも出版してはいけないのですか」

「いけません」

良沢《りょうたく》にいわせると、それは『ターヘルアナトミア』というオランダ料理を、無理やり日本料理におきかえたようなもので、材料から調理法、盛《も》り合《あ》わせまで理解《りかい》できていなければ、ほんとうの料理とはいえない、というのだ。

「前野《まえの》先生がまだ正確《せいかく》な訳《やく》ではない、といわれるのならそうかもしれません。しかし、ここまで理解できた内容《ないよう》は、世の中の多くの医者の役に立つものです。そして、それができたのは、前野先生のお導《みちび》きがあったからです。みなさんもそう思いませんか」

中川淳庵《なかがわじゅんあん》も桂川甫周《かつらがわほしゅう》もうなずいた。

「出版《しゅっぱん》するときは、序文《じょぶん》は前野先生に書いていただきたいと思っています」

共著《きょうちょ》で出版するとき、序文を書くのは名誉《めいよ》なことである。玄白は本心からそういったが、良沢はちっともうれしそうでなかった。

「どうしても出版したいというのなら、じゃまはしません。しかし、序文を書くのは、おことわりします」

良沢の決心はかたそうだった。

次の会合のとき、玄白は、どっさりたまった草稿《そうこう》の束《たば》をもってきた。

「すごい量ですね。しかもすべて漢文だ」

淳庵《じゅんあん》が感嘆《かんたん》の声を上げれば、甫周《ほしゅう》も、

「ここまでできていて出版《しゅっぱん》できなかったら、草葉《くさば》の蔭《かげ》で見まもるなんてできませんね。玄白先生は恨《うら》んで化けて出るでしょう」

といって、良沢《りょうたく》のほうを見た。

良沢はそしらぬ顔をしていたが、内心、苦虫《にがむし》をかみつぶしていたろう。

「これまで作業を進めてきた、人の体について説明している部分だけでいい。世の中に少しでも早くしめしたいのです。しかし、わたしの草稿そのままでは、もちろん出せません。草稿が正しい医学知識《ちしき》になるように、協力してもらえませんか」

良沢に向かって玄白は、両手をついて深く頭を下げた。よい返事がもらえるまで、いつまでもそうしていようと思った。

良沢は腕《うで》を組んでだまっていたが、これ以上だまっていると、淳庵や甫周までが頭を下げそうだったので、ついに玄白の熱意に負けたようだ。

「わかりました。協力しましょう」

喜んだ玄白は、悩《なや》んでいた書名の相談《そうだん》をすることにした。

「ターヘルアナトミアでは、なんのことかわかりません。人体の内部を正確《せいかく》に解説《かいせつ》した本らしい書名をいっしょに考えてくれませんか」

その後、書名の議論《ぎろん》は盛《も》り上がりを見せ、みなが意見を出した。腑分《ふわ》けでなく解体《かいたい》という新しいことばを使うことで意見が一致《いっち》した。

こうして、『解体新書《かいたいしんしょ》』という書名が決まった。

翌安永《よくあんえい》二年（一七七三）、紅毛流外科《こうもうりゅうげか》で大通詞《おおつうじ》の吉雄幸左衛門《よしおこうざえもん》が、オランダ人たちといっしょにまた江戸《えど》にやってくることがわかった。

『解体新書』出版《しゅっぱん》のために一歩でも前進させたい玄白は、幸左衛門に仕上がってきた草稿《そうこう》を見てもらい、できれば序文《じょぶん》を依頼《いらい》したいと良沢《りょうたく》に提案《ていあん》した。幸左衛門は、長崎滞在《ながさきたいざいちゅう》中の良沢にオランダ語を教えた先生でもあったから、良沢は賛成してくれた。

玄白は良沢《りょうたく》と二人で、長崎屋《ながさきや》に幸左衛門《こうざえもん》を訪《たず》ねた。玄白は、前もって幸左衛門に『解体新書《かいたいしんしょ》』の草稿《そうこう》をわたしてあった。

高鳴る胸《むね》をおさえながら、玄白は幸左衛門が座敷《ざしき》にやってくるのをまっていたが、部屋に入ってきた幸左衛門が、玄白を見るなり笑顔を向けてきた。

「『解体新書』を読ませていただき、感激《かんげき》しました。よくここまでまとめられましたな。ご苦労に心から敬意《けいい》を表しますよ」

幸左衛門の感想をきいて、玄白はうれしくて涙《なみだ》が出そうだった。つづけて、序文《じょぶん》の執筆《しっぴつ》を依頼《いらい》したら、喜んで引きうけてくれた。

ここまでたどりついた玄白は、なんとなく肩《かた》の荷をおろした感じがした。そして、ふいに四年前に死んだ父甫仙《ほせん》を思いだした。

甫仙は死ぬ前に孫の顔を見たかったに違《ちが》いない。しかし、ひと言もそれをいわないまま死んでいった。それは、玄白が、家族を失う悲しみ、助けられなかったくやしさを何度も経験《けいけん》していて、二度と同じ経験をしたくないと思っていることを知っていたからだ。

玄白の医者としての目標は、家族を救える医者になることだった。しかし、今になって思えば、それは高すぎる目標だった。

もし『解体新書《かいたいしんしょ》』を出版《しゅっぱん》できれば、多くの医者が人体の内部の正しい知識《ちしき》を身につけ、診察《しんさつ》や治療《ちりょう》に役立てることができる。それは、自分ひとりが名医をめざすことより、はるかに意味のあることだと思った。

杉田家《すぎたけ》を継《つ》いでますますいそがしくなった自分の身の回りの世話をしてくれているのは、妹の紗江《さえ》だが、もう二十歳《はたち》になっている。いつまでも迷惑《めいわく》をかけているわけにはいかない。

玄白はまだ四十一歳《さい》だ。「草葉《くさば》の蔭《かげ》」とあだ名される老人ではない。祖父から小浜《おばま》藩医《はんい》をつとめる杉田家を次の代へつなぐためにも、結婚《けっこん》するなら今だと思った。ちょうどすすめられている縁談《えんだん》があったので、受けることにした。

その年の五月、玄白は下野国《しもつけのくに》（現在《げんざい》の栃木県《とちぎけん》）喜連川藩《きつれがわはん》のさむらいの娘《むすめ》、二十九歳の登恵《とえ》を妻《つま》にむかえた。

玄白は、ふたたび『解体新書』の出版へ向けて力を入れだした。

良沢《りょうたく》が求める完全な日本語訳《やく》にはほど遠いが、医学書としても、玄白の草稿《そうこう》にはまだ問題がのこっていた。それをみなで議論《ぎろん》しながら解決《かいけつ》していかなければならない。そうこうするうちに、良沢がまた辞退《じたい》したことがあった。著者《ちょしゃ》の中に自分の名前は出さないでくれ、というのである。

玄白は無理に説得することはしなかった。良沢の意見を草稿に反映《はんえい》させていけば、気が変わるかもしれないと思ったからだ。

しかし、何回書き直しをしても、良沢からは次々に新しい指摘《してき》が出てきた。それらに答えるため、新たな仲間もくわえた。『解体新書《かいたいしんしょ》』を出版《しゅっぱん》するときは、ぜったいに良沢の名前を入れたいと思っていたからだ。

秋が深まり、そろそろ草稿の書き直しは十回目になろうとしていた。

その日最後の良沢の指摘はするどかった。

「『ターヘルアナトミア』の命は人体の絵にある。その真《しん》にせまった写実性《しゃじつせい》にある。あんな絵が描《か》ける絵師《えし》をどうやって見つけるつもりだ？」

玄白は頭をなぐられたような気がした。そのとおりだった。オランダ語が読めなくても、腑分《ふわ》けの現場《げんば》であの絵と見くらべて衝撃《しょうげき》を受けたことを忘《わす》れていた。
玄白は頭をかかえてしまった。

第十章　『解体新書《かいたいしんしょ》』の出版《しゅっぱん》

「今年ももう師走《しわす》（十二月）か……」

玄白《げんぱく》は、登恵《とえ》が入れてくれた熱いお茶を飲みながらため息をついた。

三月に吉雄幸左衛門《よしおこうざえもん》に序文《じょぶん》をお願いしたときは、一日でも早く『解体新書《かいたいしんしょ》』を出《しゅっ》版《ぱん》しようと意気ごんでいた。

五月に登恵を妻《つま》にむかえたころも、草稿《そうこう》の書き直しをあと数回すれば、良沢《りょうたく》は名前を入れることを許《ゆる》してくれ、年内に出版できると信じていた。

しかし、人体の絵の問題が浮上《ふじょう》した今は、いつできるかわからなくなった。

「年が明けたら、この子のほうが先に世の中へお披露目《ひろめ》することになりますね。すみません」

登恵《とえ》が目立ちはじめたおなかに手を当てた。玄白が近ごろは元気がないので、気をつかってくれたのだ。

「いいんだよ。わたしたちの子どもは子ども、『解体新書《かいたいしんしょ》』の出版《しゅっぱん》とは関係ない。それより、無事によい子を産んでくれ。男でも女でもいいから」

「はい。こちらはだいじょうぶです。あなたの『解体新書』も早く世の中へ出せるといいですね」

しばらくして、中川淳庵《なかがわじゅんあん》がやってきて、平賀源内《ひらがげんない》が江戸《えど》にもどっている、と教えてくれた。

「秋田藩《あきたはん》の依頼《いらい》で、鉱山《こうざん》開発の指導《しどう》に行っていたらしいですよ」

「へえ、今度は鉱山の開発ですか。ほんとうに多才な方ですね」

「深川の清住《きよずみちょう》町に源内さんの別宅《べったく》があります。ここ浜《はまちょう》町の中屋敷《なかやしき》からだと、新大橋をわたってすぐのところです。そのうちひょっこり顔を見せるかもしれません」

淳庵の予想は、半月後に当たった。でも、ひょっこりではなく、玄白と淳庵を中屋敷でまたせておいて、やってきた。若《わか》いさむらいをひとり連れていた。

自分の思ったとおりに行動する源内《げんない》は、以前とまったく変わらなかった。

「オランダの医学書にあるような絵を描《か》ける絵師《えし》を連れてきた」

座敷《ざしき》へ通すと、いきなりこういわれたので、玄白も淳庵《じゅんあん》もびっくりした。

「どうした？　絵師が必要なのだろう？」

「それはそうですが、こちらのお武家《ぶけ》さまはどちらの方ですか」

玄白がきくと、源内はめんどうくさそうに、早口で説明した。

「秋田の支藩角館《しはんかくのだて》の小田野直武《おだのなおたけ》だ。みごとな絵を描くので、ためしにオランダの画法を教えたら、おどろくほど筋《すじ》がいい」

源内がオランダ流の絵を描くとは、玄白は知らなかったが、だまっていた。しかし、内心またおどろいていた。

「きけば、角館城代《じょうだい》の佐竹義躬《さたけよしみ》、そして秋田藩主の佐竹義敦《よしあつ》などは曙山《しょざん》という号をもつくらい絵を描くことに夢中《むちゅう》になっている。そうだな、直武？」

源内がふりむくと、緊張《きんちょう》してすわっている直武が、小さな声ではいと答えた。よびすてにしているのは、この若《わか》いさむらいを絵の弟子にしているかららしい。

「秋田へ行ったのは、阿仁銅山《あにどうざん》などで採《と》れる鉱石《こうせき》から銅だけでなく銀を取りだす方法を指導《しどう》するためだった。だから、途中《とちゅう》でよった角館《かくのだて》で絵の指導《しどう》をしたのは、ちょっとした遊びみたいなものだった」

ところが、と源内《げんない》はひと呼吸《こきゅう》おいたが、やはりその先も、自分でぺらぺら語りだした。

源内はすべての仕事を終えて秋田を去ったつもりだったのに、秋田藩《はん》では小田野直武《おだのなおたけ》に銅山方産物吟味役《どうざんかたさんぶつぎんみやく》という仕事をあたえ、江戸《えど》へ送りこんだ。これは表向きで、じっさいは、直武に源内のもとでオランダ流の画法をしっかり学んでくるように命じたのだという。

「こまっているそうじゃないか」

ふたたび源内にいわれ、淳庵《じゅんあん》がうなずいた。

「論《ろん》より証拠《しょうこ》だ。直武、ちょっと描《か》いて見せてやれ」

源内にいわれ、筆と紙を取りだした直武は、小半刻《こはんとき》（約三十分）もかけずに、枝《えだ》にとまった鷹《たか》の絵を描いた。

「どうだ。生きているみたいだろう?」

源内《げんない》にいわれるまでもなく、そこにほんものの鷹《たか》がいるようだった。みごとだった。

「絵師《えし》の問題はそれで解決《かいけつ》しそうですが、もうひとつこまっています」

玄白は、良沢《りょうたく》が著者《ちょしゃ》として名前を出してくれないことを打ち明けた。

源内は、この話もどこかできいていたらしく、さらりと意見をいった。

「『解体新書《かいたいしんしょ》』の出版《しゅっぱん》と前野良沢の名前をのせることと、どちらが大事かな」

このことばは、玄白の頭の中のもやもやをいっきにはらうような力があった。

「出版です。五臓六腑説《ごぞうろっぷせつ》の間違《まちが》いを正すため、オランダ流医学の正しさを世の中にしめすため、それが出版の目的です。出版できるなら、わたしの名前だってどうでもいい。迷《まよ》いが晴れました。ところで、小田野直武《おだのなおたけ》さまは、さきほどからほとんど口をききませんが……」

「直武はいなか者でな。生まれて二十六年、秋田から出たことがなかった。だから、方言しかしゃべれん。意地悪なことをいうな」

源内はそういって高笑いした。

絵師《えし》が見つかったと話すと、良沢《りょうたく》は出版《しゅっぱん》の準備《じゅんび》を進めることを認《みと》めてくれたが、自分の名前をのせることはいぜんとして拒絶《きょぜつ》した。

しかし玄白は、ここで手を打つことにした。良沢なしにはできなかった仕事だが、わざとはずすわけではない。かならずいつか、なんらかの形で、良沢の貢献《こうけん》がもっとも大きかったことを世の中へ伝えよう、と心に決めた。

年が明けて春らしさが感じられるようになったころ、玄白夫婦に長男が誕生《たんじょう》した。小田野直武《おだのなおたけ》は、あれから年末年始も関係なく、源内《げんない》の別宅《べったく》に泊《と》まりこんで『ターヘルアナトミア』の人体の絵の模写《もしゃ》に取りくんでいる。

玄白らは、ときどきその別宅を訪《おとず》れて、『ターヘルアナトミア』以外の医学書にある、すぐれた絵も直武に模写させた。中でも、表紙をひらいてすぐ目にとびこむとびら絵については、手術台《しゅじゅつだい》に横たわるはだかの女性《じょせい》を描《か》いた『ターヘルアナトミア』のとびら絵でなく、はだかの男女が左右に立っている、ワルエルダの解剖書《かいぼうしょ》のとびら絵を選んで、直武に模写させた。

また、『ターヘルアナトミア』では人体の絵はすべて巻末《かんまつ》にまとめてあったが、『解《かい》体新書《たいしんしょ》』では、著者《ちょしゃ》クルムスの序文《じょぶん》の次にとびら絵、つづけてすべての絵を入れることに決めた。

直武《なおたけ》はもくもくと作業をつづけたが、日本人の絵師《えし》が描《か》いたとは思えない絵が次々に完成して、玄白らを喜ばせた。

直武の絵や玄白の原稿《げんこう》を木版《もくはん》にして印刷出版《しゅっぱん》するのは、日本橋の須原屋市兵衛《すはらやいちべえ》にたのむことになった。じっさい、オランダ語の本を翻訳《ほんやく》して出版するのは、日本ではじめてのことになる。こういったはじめてのことには、その価値《かち》を理解《りかい》できて勇気のある、市兵衛をおいてほかに考えられなかった。

八月、『解体新書』が完成した。全五巻《かん》で、第一巻にすべての絵を入れた。第二巻以降《いこう》は『ターヘルアナトミア』の本文の中の、医者に直接《ちょくせつ》役立つ人体の説明にしぼりこんだので、全体からいえば約三分の一を翻訳したことになる。

そして、『解体新書』はすべて漢文である。日本の医学がもとは中国から伝わってきたことを思えば、『解体新書《かいたいしんしょ》』はそのひとつの進歩した姿《すがた》である。それが今度は逆に中国にわたって読んでもらえたら、という想《おも》いが玄白の頭のすみにあった。宮瀬《みやせ》龍門《りゅうもん》から学んだ漢学が役に立った。

また、玄白らは、いきなり販売《はんばい》せず、桂川甫周《かつらがわほしゅう》の父甫三《ほさん》を通じて将軍家《しょうぐんけ》や老中《ろうじゅう》へ、それから、これも知人を通じて京都の主だった公卿《くぎょう》（関白《かんぱく》など）へ先に献上《けんじょう》した。

もとは西洋の本である。万が一キリシタンの疑《うたが》いをもたれたら、著者《ちょしゃ》の玄白らは捕《と》らえられる。せっかくできた『解体新書』も出版禁止《しゅっぱんきんし》になり、版元《はんもと》の須原屋市兵衛《すはらやいちべえ》は店や財産《ざいさん》を没収《ぼっしゅう》されてしまう。そういった心配があった。

だから、医学の発展《はってん》に寄与《きよ》するために翻訳《ほんやく》して出版するのだと、権力者《けんりょくしゃ》に認《みと》めてもらいたかったのだ。

幸い、誉《ほ》められることはあっても、どこからも問題だという指摘《してき》はなかった。

銀杏《いちょう》があざやかな黄色で青空の一部を染《そ》めあげている日、玄白は、家族を連れて、牛込《うしごめ》の矢来屋敷《やらいやしき》を訪《おとず》れた。

長年暮《く》らした家は、今は空き家だった。

「ここは、わたしや兄の玄了《げんりょう》、仙右衛門《せんえもん》そして姉の奈美《なみ》、妹の紗江《さえ》が生まれ育ったところだ」

玄白ははじめてここを訪《おとず》れた登恵《とえ》に説明した。

長安寺《ちょうあんじ》の杉田《すぎた》家《け》の墓《はか》まで来た。玄白の両親と最愛の姉が眠《ねむ》る墓だ。紗江にとっても生みの母が眠っていて、浜町《はまちょう》の中屋敷《なかやしき》へ越《こ》すまでは、供花《きょうか》をけっして絶《た》やさなかった。

玄白は、墓石《ぼせき》を水で清《きよ》め、香華《こうげ》（線香《せんこう》と仏花《ぶっか》）をたむけた。そして、完成した『解《かい》体新書《たいしんしょ》』を墓前にささげて、両手を合わせた。

今日は玄白の父の祥月命日《しょうつきめいにち》（死んだ日と同じ九月十日）だった。

「長生きできたのは、父だけだった」

玄白は、難産《なんざん》のすえに死んだ母、病気で死んだ長男と父の後妻《ごさい》、生まれつき目が悪くて転倒《てんとう》して死んだ長女、そして紗江を産んでから衰弱《すいじゃく》していって死んだ紗江の母のことを話し、医者でありながら、父も自分も家族の命を救うことができなかった、と声をふるわせた。

登恵《とえ》は生まれて半年ほどの乳《ち》飲《の》み子《ご》をだいたまま、玄白のことばにきいっている。

「わたしは二度とそういった悲しみを味わいたくなかった。だから、すぐれた医術《いじゅつ》を身につけた医者になりたかった。漢方《かんぽう》だけでなく紅毛流《こうもうりゅう》も学んだ。矢来屋敷《やらいやしき》から出て町医者になり、多くの患者《かんじゃ》を診《み》ることで経験《けいけん》を積んだ。それでも、あの悲しみをくりかえさない自信はまったくつかなかった」

玄白はにじんできた涙《なみだ》をぬぐった。

「しかし、『ターヘルアナトミア』と出会い、腑分《ふわ》けの現場《げんば》に立ち会ったことで、自分がやらなければいけないことが見つかった。『ターヘルアナトミア』を訳《やく》して世の中へしめすことだ」

「あなたはりっぱになしとげましたわ」

登恵がいったが、玄白は首をふった。

「わたしひとりの仕事ではない。前野良沢《まえのりょうたく》先生、中川淳庵《なかがわじゅんあん》先生、桂川甫周《かつらがわほしゅう》先生、平賀源内《ひらがげんない》どの、小田野直武《おだのなおたけ》どの、須原屋市兵衛《すはらやいちべえ》どの……数え上げればきりがない。大きな仕事は天の時、地の利、人の和がそろったときなしとげられるというが、わたしの人生の中の一瞬《いっしゅん》ともいうべき時期に、これだけの人々が、この江戸《えど》に集まったというのは、幸運か奇跡《きせき》以外のなにものでもない」

出版《しゅっぱん》された『解体新書《かいたいしんしょ》』は、紅毛流《こうもうりゅう》の医者はもとより、漢方医《かんぽうい》にも読まれた。最初は漢方医らから反論《はんろん》や批判《ひはん》があった。たとえば、人体の内部がわかったぐらいで病気を治《なお》すことはできない、人の体の働きには解剖《かいぼう》しても見えない部分が多い、これまでの漢方医学はそこに注目して治療《ちりょう》してきた実績《じっせき》があるではないか、というものである。

しかし、『解体新書』の内容《ないよう》の正しさ、人体を詳細《しょうさい》に観察することのたいせつさは、少しずつ証明され理解《りかい》され、日本の近代医学へとつながった。

一方、医学を皮切りに、オランダの本の翻訳《ほんやく》が盛《さか》んになり、しだいに学術書全般《がくじゅつしょぜんぱん》に広がっていった。長い歴史を背景《はいけい》に築《きず》かれた漢学に、新たに蘭学《らんがく》という学問が産声《うぶごえ》を上げた。蘭学はやがてオランダの本だけでなく、西洋のあらゆる本の研究に広がっ

洋学

て洋学とよばれるようになった。

『解体新書《かいたいしんしょ》』は、オランダ語の解剖書《かいぼうしょ》の翻訳出版《ほんやくしゅっぱん》だけだったのではなく、近代医学さらには蘭学《らんがく》そして洋学という大きな学問のとびらを次々にあけた、杉田玄白《すぎたげんぱく》ら蘭方医《らんぽうい》たちの根気と熱意と勇気のたまものだったのである。

（了）

あとがき

蘭学《らんがく》のとびらをひらいた『解体新書《かいたいしんしょ》』

この作品は、今から二五〇年近い昔に、じっさいにあった話をもとにした物語です。それは、罪人《ざいにん》の死体の内臓《ないぞう》を観察したら、オランダの解剖書《かいぼうしょ》にある絵とそっくりだったので、オランダ語を知らないにもかかわらず、医学の発展《はってん》のために、その本をがんばって翻訳《ほんやく》したという話です。

完成した翻訳書は『解体新書《かいたいしんしょ》』という名前で、翻訳したのは、前野良沢《まえのりょうたく》、杉田玄白《すぎたげんぱく》、中川淳庵《なかがわじゅんあん》、桂川甫周《かつらがわほしゅう》という江戸《えど》に住むお医者さんたちでした。

中でも杉田玄白は、それまで中国から伝わってきた五臓六腑説《ごぞうろっぷせつ》などが間違《まちが》っていることがわかったので、人体の正しい構造《こうぞう》を世の中に伝えるため、本にして出版《しゅっぱん》することに情熱《じょうねつ》をかたむけました。

でも、玄白の気持ちは、それだけではなかったと思います。子どものころから病気で苦しむ人や死んでいく人をたくさん見ていた。医者になっても、助けられない患者《かんじゃ》がたくさんいて、病気のほんとうの原因《げんいん》を知り、治《なお》す方法を見つけたいと思った。そのためには、人の体のことをもっともっと知らなければならないと思うようになった。

杉田玄白という人の人生を調べてみると、子どものころから、おとなになるにつれて、そういった想《おも》いが強くなってきたことが想像《そうぞう》できました。

人は想いが強くなってきても、じっさいに行動に移《うつ》すには、いろいろな問題があるものです。

当時の日本は、江戸《えど》時代で、長崎《ながさき》でオランダや中国と貿易《ぼうえき》をするだけで、日本人は海外へは行けませんでした。つまり、海外の知識《ちしき》や情報《じょうほう》はとても少なかったのです。

現代《げんだい》なら、まだ翻訳《ほんやく》されていない外国の本を理解《りかい》したいと思えば、インターネットで自動翻訳できるサイトを見つけて、すぐだいたいの内容《ないよう》を知ることができるでしょう。しっかり理解するためなら、その本ができた外国へ直接《ちょくせつ》行って調べれば、もっと深く知ることだってできるでしょう。

でも、頭で考えてできそうなことでも、じっさいに行動に移《うつ》すのは、それほどかんたんなことではありません。

そもそもそういった内容《ないよう》を理解《りかい》したくなるような外国の本とどうしたら出会えるのでしょうか？　出会えたとして、自動翻訳《ほんやく》にかけても、むずかしい専門《せんもん》用語がたくさん出てきたらどうします？　その本ができた外国がわかっても、ひとりで行って調べてくることができますか？

杉田玄白が『ターヘルアナトミア』と出会って、翻訳を決意し、じっさいに出版《しゅっぱん》するまでの困難《こんなん》さは、現代《げんだい》とは比較《ひかく》にならないくらい大きかったと思います。

しかし、玄白らはそれらを乗りこえました。

たった一冊《さつ》の本の翻訳のように見えますが、乗りこえた困難がほんとうに大きなものだったので、洋学（西洋の学問）へとつづく、蘭学《らんがく》という新しい学問のとびらをひらくことができたのです。

「草葉《くさば》の蔭《かげ》」といわれた玄白は、『解体新書《かいたいしんしょ》』の出版後も四十三年間長生きし、最後まで蘭学《らんがく》の発展《はってん》に力をつくしました。

それらに興味《きょうみ》のある方は、多くの研究書や専門書《せんもんしょ》が、杉田玄白とその周辺の人たちの活躍《かつやく》をくわしく解説《かいせつ》しています。ぜひ読んでみてください。

最後になりましたが、この作品の出版《しゅっぱん》を勧《すす》めてくださった長谷総明《はせそうめい》さんと、企《き》画《かく》・編集《へんしゅう》の労をとってくださった岩崎書店《いわさきしょてん》の石川雄一《いしかわゆういち》さん、印象的な挿絵《さしえ》をたくさん描《か》いてくださった関屋敏隆《せきやとしたか》さん、そしていつもわたしの本のために素敵《すてき》なデザインをしてくださる中島《なかじま》かほるさんに感謝《かんしゃ》したいと思います。

二〇一七年三月

鳴海　風

【主な参考文献】（著者名・五十音順）

片桐一男『杉田玄白（新装版）』（吉川弘文館　一九八六）
片桐一男『江戸のオランダ人』（中央公論社　二〇〇〇）
古賀十二郎『西洋医術伝来史』（日新書院　一九四二）
今田洋三『江戸の本屋さん』（日本放送出版協会　一九七七）
城福勇『平賀源内（新装版）』（吉川弘文館　一九八六）
杉田玄白著・酒井シヅ現代語訳『新装版解体新書』（講談社　一九九八）
杉田玄白著・緒方富雄校註『蘭学事始』（岩波書店　一九五九）
惣郷正明『サムライと横文字』（エンサイクロペディアブリタニカインコーポレーテッド　一九七七）
戸沢行夫『オランダ流御典医　桂川家の世界』（築地書館　一九九四）
鳥井裕美子『前野良沢　生涯一日のごとく』（思文閣出版　二〇一五）
野村敏雄『小田野直武の生涯』（漢功堂　一九九五）
和田信二郎『中川淳庵先生』（立命館出版部　一九四一）

〈注〉クルムスの『ターヘルアナトミア』のオランダ語版（OntleedkundigeTafelen）は、慶応義塾図書館デジタルギャラリー（http://project. lib. keio. ac. jp/dg_kul/）で閲覧参照した。

『解体新書《かいたいしんしょ》』（全五巻《かん》）
とびら絵と解剖《かいぼう》の絵は
小田野直武《おだのなおたけ》が描《か》いた。
（内藤記念くすり博物館蔵）

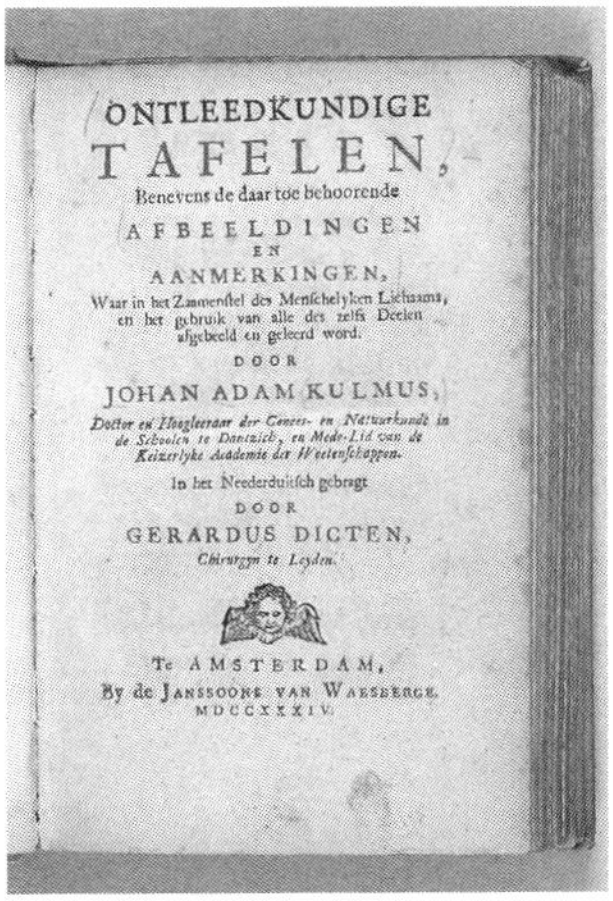
ONTLEEDKUNDIGE
TAFELEN,
Benevens de daar toe behoorende
AFBEELDINGEN
EN
AANMERKINGEN,
Waar in het Zamenstel des Menschelyken Lichaams,
en het gebruik van alle des zelfs Deelen
afgebeeld en geleerd word.
DOOR
JOHAN ADAM KULMUS,
Doctor en Hoogleeraar der Genees- en Natuurkunde in de Schoolen te Dantzich, en Mede-Lid van de Keizerlyke Academie der Weetenschappen.
In het Neederduitsch gebragt
DOOR
GERARDUS DICTEN,
Chirurgyn te Leyden.
Te AMSTERDAM,
By de JANSSOONS VAN WAESBERGE.
MDCCXXXIV.

『ターヘルアナトミア』
翻訳《ほんやく》の原書となった
オランダ語版《ばん》のとびら
（凸版印刷株式会社 印刷博物館蔵）

著者略歴

鳴海 風
（なるみ ふう）


1953年新潟県生まれ。自動車部品メーカーのデンソーで生産技術を研究するかたわら、江戸時代の数学をテーマにした和算小説を多く発表。見て楽しめるビジュアル講演も得意。

主な作品として『算聖伝』『怒濤逆巻くも』『ラランデの星』（以上新人物往来社）、『和算忠臣蔵』（小学館）、『星空に魅せられた男 間重富』（くもん出版）、『円周率の謎を追う 江戸の天才数学者・関孝和の挑戦』（くもん出版）が第63回青少年読書感想文全国コンクール中学校の部課題図書。『江戸の天才数学者』『和算の侍』（以上新潮社）、『星に惹かれた男たち』（日本評論社）がある。

1992年『円周率を計算した男』（新人物往来社）で歴史文学賞。2006年日本数学会出版賞受賞。

関屋敏隆
（せきや としたか）


1944年岡山県津山市生まれ。1968年京都市立美術大学（現京都市立芸術大学）工芸科染織専攻卒業。1976年に『中岡はどこぜよ』（文・田島征彦／すばる書房）で絵本作家デビュー。1991年『中岡はどこぜよ』（くもん出版・復刻版）でボローニャ国際児童図書展グラフィック賞特別推薦。1997年『オホーツクの海に生きる』（ポプラ社）で産経児童出版文化賞美術賞、1999年ブラティスラヴァ世界絵本原画ビエンナーレで「金のりんご賞」を受賞、2001年ベオグラード国際イラストレーション・ビエンナーレ・グランプリを受賞。

主な絵本に、『ぼくらは知床探険隊』（岩崎書店）、『やまとゆきはら』『まぼろしのデレン』（以上福音館書店）、『楽園』（くもん出版）、『手づくりヨットで日本一周6500キロ―ヤワイヤ号の冒険』（小学館）、『北加伊道 松浦武四郎のエゾ地探検』（ポプラ社）などがある。

ひらけ蘭学のとびら

『解体新書』をつくった杉田玄白と蘭方医たち

発行日　2017年5月31日　第1刷発行
　　　　2018年4月30日　第2刷発行

著者　鳴海 風
画家　関屋敏隆

発行者　岩崎夏海
発行所　株式会社 岩崎書店
東京都文京区水道 1-9-2　(〒112-0005)
電話 03-3812-9131(営業) 03-3813-5526(編集)
振替 00170-5-96822

装幀　中島かほる
編集協力　SOMEI Editorial Studio
印刷　株式会社 光陽メディア
製本　株式会社 若林製本工場

ISBN 978-4-265-84009-0 NDC913 168P 19cm×13cm

Published by IWASAKI Publishing Co., Ltd.
Printed in Japan

落丁本・乱丁本は小社負担でお取り替えいたします。
Email:hiroba@iwasakishoten.co.jp
岩崎書店 HP　http://www.iwasakishoten.co.jp

岩崎書店・知識の本

感染症とたたかった科学者たち

岡田晴恵

天然痘とたたかったジェンナー、世界初の弱毒性ワクチンを作ったパスツール、結核菌の正体をつきとめたコッホほか、北里柴三郎、エールリヒ、秦佐八郎、フレミングを紹介。情熱とひらめきで人びとを感染症から救った七名の科学者から、その科学的思考を学びます。

伊能忠敬 歩いてつくった日本地図

国松俊英

国語、社会の教科書で取り上げられる伊能忠敬は何を成しとげた人なのか。忠敬が作った日本地図とその十回にわたる行程、測量に使った道具や地図の作り方、人となりなどをわかりやすく解説。伊能忠敬に影響を与え、支えた人びとも紹介。